Stimmen

47 Geschichten von Dresdner Frauen
aus aller Welt in Wort und Bild

Stimmen

47 Geschichten von Dresdner Frauen aus aller Welt in Wort und Bild

Herausgegeben von Nazanin Zandi und Elena Pagel

Inhaltsverzeichnis

Grußwort von Kristina Winkler, Integrations- und Ausländerbeauftragte der Stadt Dresden 7

Grußwort von Dr. Alexandra-Kathrin Stanislaw-Kemenah, Gleichstellungsbeauftragte der Stadt Dresden 9

Einleitung von Dr. Verena Böll 11

Geschichte der Entstehung des Buches von Nazanin Zandi 13

47 Geschichten von Dresdner Frauen in Wort und Bild - die Tandems

Kindheitserinnerungen

Hala Alshehawi & Anne Rosinski	Mutters Regeln zu Hause	16
Hedwig Liebert & Ines Hofmann	Die Schule	18
Kristina Britt Reed & Effi Mora	Die Sonnencreme	20
Uta Rolland & Uta Rolland	Die Flucht	22
Margarita Ohngemach & KENDIKE Henrike Terheyden	Die Modenschau	24
Petra Wilhelm & Petra Wilhelm	Zahnschmerzen bei Oma	26
Sylvia F. & Paula Huhle	Glasmurmeln	28
Angela & Nazanin Zandi	Im Laufstall	30
Anna Alice Anzelini & Rosa Brockelt	Damals, als das Plüschtier seinen Kopf verlor	32
Nazanin Zandi & Johanna Failer	Alfredino	34
Fereshteh Rafieian & Paula Huhle	Fadenspiele	36

Kindheitsängste

Zahra Arab & Annette von Bodecker	Von Mäusen und Wassermelonen	40
Fereshteh Rafieian & Nadine Wölk	Die Kakerlake	42
Alaleh Mirhajivarzaneh & Xenia Gorodnia	Die gigantischen Wolfsmänner	44
Elena Pagel & Ines Hofmann	Babajka	46
Katharina Schmidt & Yini Tao	Sommer bei Oma	48
Uta Rolland & Uta Rolland	Der Feuergeist Eckeneckepenn	50
Julia Giese & Anne Rosinski	Die vier Elemente	52
Uta Grahn-Jentsch & Susanne Schrader	Kriegsgeschehen fern der Front	54
Mahsa Alizadeh & Annij Zielke	Die Eselsangst	56
Ella P. & Ella P.	Die Lücke	58

Kindheitsstreiche

Elena Pagel & Susanne Schrader	Fasching zur Silvesternacht	62
Shima Zenouri & Luisa Stenzel	Tschüss Jugendzeit!	64
Leila Seied & Mahsa Alizadeh	Die falsche Farbe	66

Christiane Zeidler & Elena Pagel	Kater Peter, der Leibhaftige	68
Juli Weg & Anne Ibelings	Brennnesseln sind gut …	70
Hala Alshehawi & Luisa Stenzel	Der Wasserkrug	72
Rodina Jomaah & Annij Zielke	Der Kleiderschrank	74

Jugend und erste Liebe

Leila Seied & Effi Mora	Die Geschichte meines Führerscheins	78
Petra Wilhelm & Yini Tao	Mein treuer Lippenstift	80
Katharina Schmidt & Anja Maria Eisen	Gleiskreuzungen in den Sonnenuntergang	82
Anett Lentwojt & Antje Dennewitz	Disaster-Date	84
Christiane Zeidler & Daniela Veit	Meine schrecklichste Nacht aller Ferien	86
Uta Grahn-Jentsch & Johanna Failer	Von Pferden und Menschen	88
Margarita Ohngemach & Liane Hoder	Dean Reed - meine erste Liebe	90
Sara Zolghadr & Anja Maria Eisen	Drei Freundinnen und ein Mann	92

Dresdner Begegnungen

M. Asa & Antje Dennewitz	Die Nachbarin im Plattenbau	96
Viktoriya Burlak & Alma Weber	Jobcenter Dresden	98
Juli Weg & Rosa Brockelt	Saunabesuch mit Fortsetzung	100
Inge F. & Nazanin Zandi	Das alte Mädchen	102
Ella P. & Ella P.	Kulturelle Überraschungen	104
Anett Lentwojt & Elena Pagel	An~~sicht~~ZIEHsache	106
Viktoriya Burlak & Xenia Gorodnia	Achtung: Straßenbahnkontrolle!	108
Milla N. & Annette von Bodecker	Die Abenteuer eines kleinen grünen Rucksacks	110
Rosa Brockelt & Liane Hoder	Ein kurzer Abstecher	112
Tatiana Korneva & Alma Weber	Vom Ballett zur Liebe	114
Sylvia F. & Daniela Veit	Banknachbarinnen	116

Übers interkulturelle Projekt »LebensBILD. bioGrafische Begegnungen«	118
Skizzen aus den Comic-Kursen	121
Die Illustratorinnen	130
Kursteilnehmerinnen als Illustratorinnen	137
Die Herausgeberinnen	140
Bildnachweise	142
Widmung	143
Danksagung und Förderer	143
Impressum	144

Sehr geehrtes Lesepublikum,

Sie halten ein spannendes Buch in den Händen! Ein Buch, das als Ergebnis mehrerer Projektjahre und zahlreicher Veranstaltungen zum Thema »LebensBILD. bioGraphische Begegnungen« dieses interkulturelle Projekt noch einmal auf seine besondere Weise dokumentiert. Um was geht es? Dresdner Künstlerinnen und Illustratorinnen mit und ohne Migrationshintergrund luden, durch die Anregung von Projektleiterin Dr. Verena Böll und von den künstlerischen Leiterinnen Elena Pagel und Nazanin Zandi, Frauen zu verschiedenen Begegnungsformaten in vielen Dresdner Stadtteilen ein und illustrierten anschließend einen besonderen Moment aus dem Leben des jeweiligen Gegenübers. Entstanden ist eine, wie ich finde, facettenreiche Bilderreise durch individuelle Lebensgeschichten, die unsere Welt so interessant und spannend machen. Wie wichtig es ist, Lebensverläufe aufzuzeichnen, das Lustige und Traurige, das Kuriose und das schier Unglaubliche, das verdeutlichen die in diesem Buch präsentierten biografischen Einblicke in mehrfacher Hinsicht. Zum einen zeigen sie »rein« technisches Können, in verschiedenster Form, im jeweils persönlichen Stil der Künstlerin mit ihren eigenen Zugängen zur Kunst. Zum anderen jedoch zeichnen sie im übertragenen Sinne Ausschnitte aus Lebensgeschichten von Frauen auf. Und das ist umso bedeutsamer, da weibliche Biografieforschung und -präsentation, verbunden mit der Forderung nach wirklich gleichberechtigter Teilhabe der Geschlechter an den Bereichen Politik, Bildung, Kultur und Wissenschaft, immer noch ein eher zartes Pflänzchen darstellt.

In Dresden hat sich beispielsweise das Frauenstadtarchiv als ein Kooperationspartner des Projekts über mehrere Jahre den unterschiedlichen Biografieverläufen historischer Dresdner Frauenpersönlichkeiten gewidmet und sich dabei mit der »weiblichen« Seite der Zeitgeschichte auseinandergesetzt. Die auf diese Weise entstandene Sammlung liefert einen unverzichtbaren Beitrag für die Forschung sowie die Überlieferung von Kulturgut. Gesammelt, systematisiert, erschlossen und zur Nutzung bereitgestellt werden Dokumente zur Frauenbiografieforschung und Frauengeschichte, zur Frauenarbeit, Politik und Kultur. Verschiedenste Materialien stehen für Recherche und Forschung bereit und ermöglichen darüber hinaus den Transfer wissenschaftlicher Auseinandersetzung, etwa in der Projektarbeit mit Dresdner Schulen und Forschungseinrichtungen.

Auch die 2007 veröffentlichte Dresdner Broschüre »Frauen auf die Straßenschilder« ist auf diese Weise entstanden. Seitens des Frauenstadtarchivs recherchiert und entwickelt sowie von meinem Büro herausgegeben, zeigt sie Frauenpersönlichkeiten aus den Bereichen Musik, darstellende Kunst, Literatur, Medizin, Architektur, Politik, Philosophie, Religion und Wirtschaft, nach denen Straßen und Plätze benannt wurden und noch benannt werden sollten. Erfreulicherweise nahm die Zahl weiblicher Straßennamen in letzter Zeit zu. Auch das zeigt: Weibliche (Lebens-)Spuren in der Öffentlichkeit werden – wenn auch langsam, dafür aber stetig – sichtbarer. Und dazu tragen die von Künstlerinnen porträtierten Frauen dieses Buches ebenfalls bei. Ich hoffe, dass ein Exemplar der vorliegenden Publikation auch in den Bestand des Frauenstadtarchivs Dresden gelangt, um die Frauenbiografieforschung unserer Stadt noch ein bisschen reicher zu machen.

»Bilder bedeuten alles im Anfang« – so lautet eine Zeile aus einem Gedicht des unvergesslichen Schriftstellers Heiner Müller. Er integrierte in seine Texte kurze Geschichten, die bildhaft Situationen und Stimmungen beschreiben. Als kurze sprachliche Skizzen sind sie dabei bewusst offen gestaltet, sodass die unterschiedlichsten Bilder vor dem geistigen Auge entstehen. Bei den »Kurzgeschichten« des vorliegenden Buches hingegen wird aus Erzähltem konkret Gezeichnetes, was aber seinerseits ebenfalls offen und (wie die Geschichten selbst) auf verschiedene Weise interpretierbar ist – und dabei ähnlich viele Bilder (im Kopf) hervorruft.
Bei beiden Ansätzen gilt grundsätzlich: Bilder können beschrieben, nicht aber in ihrer Gänze erfasst werden.
Ich danke herzlich den verschiedenen Kooperationspartner*innen des Projekts, wünsche der Publikation viele interessierte Leser*innen und die öffentliche Wahrnehmung, die sie verdient!

Dr. Alexandra-Kathrin Stanislaw-Kemenah

Gleichstellungsbeauftragte der
Landeshauptstadt Dresden

Liebe Leser*innen,

vor sich finden Sie ein Buch, gefüllt mit 47 witzigen, traurigen, interessanten oder auch ganz alltäglichen Geschichten. Da geht es um Kindheit und Kindheitsängste, aber auch um Streiche, die man als Kind spielte. Es geht um Jugend und Liebe, um alltägliche Begegnungen und vieles mehr. Erzählt wurden diese Geschichten von Dresdner Frauen*, die sehr unterschiedlich sind: So kommen sie unter anderem aus Usbekistan, dem Iran oder Afghanistan. Sie sprechen Farsi, Deutsch, Russisch oder eine ganz andere Sprache. Die kurzen Erzählungen wurden gestalterisch liebevoll aufbereitet von vielen mitwirkenden Künstlerinnen* und Illustratorinnen* – und damit in eine Form gebracht, die alle verstehen können, gleich welche Sprache sie sprechen.

Die Geschichten zeigen, wie ähnlich wir uns trotz aller Unterschiede sind. Sie bringen uns näher, indem sie uns unsere Gemeinsamkeiten bewusstmachen. Wer kennt sie nicht, die Angst vor dem Monster unterm Bett, wie sie von Elena Pagel (Russland) berichtet wird? Oder die vielen Spiele, die wir als Kinder miteinander spielten, wie das Fadenspiel, von dem Fereshteh Rafieian (Iran) erzählt?

Und manche Erzählungen sind auch nicht ganz alltäglich – und lassen uns für einen kurzen Moment innehalten. Wenn Zahra Arab (Afghanistan), die nicht zur Schule gehen durfte, von ihrer Arbeit auf dem Feld berichtet – im Alter von sechs Jahren. Oder die Geschichte von Leila Seied (Afghanistan) und ihrem schwierigen Weg zum Führerschein ... Zugleich wird der Besuch einer gemischten Sauna für Männer* und Frauen* für manche Deutsche nichts Besonderes sein – und doch bei anderen Menschen zu mehr als nur einem mulmigen Gefühl führen, wie Juli Weg es einst empfand.

Entstanden ist ein Buch für Groß und Klein, das einlädt, sich auszutauschen, Neues zu erfahren, die Anderen neu kennenzulernen und zu achten. Ich freue mich sehr über das Entstehen dieses Buches und wünsche viel Freude beim Lesen und Staunen!

Kristina Winkler

Integrations- und Ausländerbeauftragte der Landeshauptstadt Dresden

Einleitung

Christiane erinnert sich, wie sie mit ihrer besten Freundin »Vater, Mutter, Kind« spielte und ihren Kater in den Kinderwagen setzte. Sie spazierten los, der Kater lag in seinen Puppenkleidern und schlief. Ein Auto fuhr vorbei, der Kater sprang erschrocken mit einem Satz heraus: Zwei Frauen kreischten los.
Ein Kinderstreich, der schmunzeln lässt. Lebensmomente wie diesen aus der Kindheit, Jugend und aus dem Erwachsensein kennen Viele. In den Comic-Kursen »Frauen als Wandelsterne« ermunterten Nazanin Zandi und Elena Pagel Frauen, ihre Erinnerungen zu erzählen und zu illustrieren. Mit Hingabe, Kreativität und Neugier verbildlichten die Teilnehmerinnen ihre Lebensmomente. Die Bildergeschichten sprengten die Sprachgrenzen. Ihre Geschichten erzählten die Frauen in ihren Muttersprachen (Arabisch, Dari, Deutsch, Englisch, Italienisch, Persisch, Russisch, Spanisch, Französisch), die Graphic Novels bedurften keiner Worte.
In unseren Kursen (2018-2020) sammelten wir über 600 Geschichten aus der Kindheit und Jugendzeit, über die Liebe, über die Angst, über Alltagsrituale und über das Leben in Dresden. Diese Momente zeigen den gemeinsamen Alltag auf. Sie verdeutlichen die Ähnlichkeiten im Leben der Frauen, denn diese machten die gleichen Erfahrungen in einzelnen Lebensabschnitten, vollkommen unabhängig vom Geburtsort. Sie zeigen aber auch die gesellschaftlich bedingten Unterschiede auf, wie die Geschichte von Leila, die als erste Frau in ihrer Stadt in Afghanistan den Führerschein machte.
Kunst öffnet Welten. Immer wieder erlebten wir in unseren Kursen die Wahrheit dieses Satzes. Um einen großen Tisch zusammensitzend, einen Stift in der Hand, das Papier vor sich liegend, waren alle Hemmschwellen gefallen. Wir zeigten die unterschiedlichsten Arbeitstechniken im Comic und Graphic Novel Bereich auf, bildeten in der Farbenlehre und Papierqualität aus, unterrichteten in der Wahrnehmung und Bildaufteilung. Die künstlerisch-bildliche Gestaltung der Geschichte konzentrierte sich auf die wichtigsten Punkte der Erzählung. Die Geschichte wurde strukturiert, wobei jede Frau ihre eigene Aufteilung kreierte.
Kunst schafft Vertrauen. Einblicke in das eigene Leben zu geben, ist keine Selbstverständlichkeit. Menschen, die wir länger kennen, öffnen wir den Zugang zu unserer Vergangenheit, aber nicht kurzen Bekanntschaften. Die Möglichkeit, über das Zeichnen etwas von sich zu erzählen, wird jedoch von allen angenommen.
Kunst bildet. Die künstlerische Bildung in den Kursen setzten die Frauen sofort beim Illustrieren ihrer Geschichten um. Sie berichteten ihren Freundinnen davon, die dann beim nächsten Kurs mitmachten. Sie zeigten in ihren Familien die Arbeitstechniken auf und regten an, ebenfalls zu erzählen und zu illustrieren.
Kunst verbindet. Für das vorliegende Buch suchte eine international besetzte Jury 47 Lebensmomente aus. 26 Dresdner Illustratorinnen und Künstlerinnen griffen im Projekt »LebensBILD. bioGrafische Begegnungen« diese Episoden auf und illustrierten sie in ihrem eigenen Stil. So ist jede Doppelseite des Buches Ausdruck der Vielfalt Dresdens: Die Lebensmomente der Frauen sind links auf Deutsch und in der jeweiligen Muttersprache abgedruckt; auf der rechten Seite findet sich die dazugehörige Illustration einer Künstlerin oder Illustratorin. Einige Beispiele aus den Kursen wurden anschließend abgedruckt. »STIMMEN« macht neugierig.

Dr. Verena Böll

Projektleiterin
»LebensBILD. bioGrafische Begegnungen« 2020

Geschichte der Entstehung des Buches

Wir – Nazanin Zandi, Malerin und Illustratorin aus dem Iran, aufgewachsen in Italien, und Elena Pagel, Künstlerin und Fotografin aus Russland – leben schon seit vielen Jahren in Dresden. In den Jahren 2016 und 2017 haben wir wöchentlich stattfindende Kreativangebote in Flüchtlingsheimen gegeben. Dabei fehlten uns immer wieder die weiblichen Stimmen; wir waren umgeben von jüngeren und älteren Männern aus Syrien, dem Irak, Afghanistan, dem Libanon, Marokko und vielen anderen Ländern. Aber wo waren die Frauen?

An einem Wochenende im Januar 2018 leiteten wir im Stadtteilhaus der Dresdner Neustadt einen Comic-Kurs, der den eigenen biografischen Hintergrund zum Thema hatte und sich ausschließlich an geflüchtete Frauen richtete. Über 30 Interessierte kamen mit ihren Kindern und zeichneten in einer entspannten, fröhlichen Atmosphäre – trotz der schweren Thematiken ihrer gezeichneten Geschichten.

Schon bald darauf entschieden wir uns, den Frauen ihre STIMMEN zu geben, indem wir uns das Ziel setzten, ein professionelles Buch zu gestalten, dass ihre biografischen Geschichten in Wort und Bild darstellt.

Bei allen wöchentlichen Kursen erschien eine große Gruppe Frauen. Viele von ihnen kamen regelmäßig, manche brachten gleich beim zweiten Mal ihre Freundinnen mit.

Nach unserem ersten Workshop-Wochenende war uns klar, was uns enorm wichtig ist: Wir wollten keine »Ghettos« entstehen lassen, sondern die Kreise der Teilnehmerinnen vergrößern, durchmischen und gemeinsam Toleranz und Verständnis für andere Kulturen und andere Lebensstile entwickeln. So haben wir deutsche Frauen, Migrantinnen und geflüchtete Frauen zu unseren Kursen eingeladen und dabei bewusst unterschiedliche Altersgruppen zusammengewürfelt; Jugendliche und kleine Kinder waren hierbei genauso herzlich willkommen wie Rentnerinnen. Wir wollten dabei auch Begegnungen zwischen analphabetischen und studierten Frauen fördern.

Unser Vorhaben ging auf: Im Jahr 2018 schrieben und zeichneten wir mehrere Monate dicht gedrängt im ARTElier von Nazanin Zandi und im Atelier von Elena Pagel. Erst wurde in der eigenen Muttersprache geschrieben, dann übersetzten wir die Geschichten in kleinen Gruppen ins Deutsche. Danach zeichneten die Teilnehmerinnen ihre Geschichten als Comic auf einem Papierbogen. Zum Schluss stellte jede Frau ihre geschriebene und gezeichnete Geschichte vor.

Die Räume waren irgendwann zu klein für den Bedarf, der »alternative« Stadtteil Neustadt zu einseitig für die Durchmischung. Also haben wir uns 2019 entschieden, weiterzuziehen und andere Orte zu erobern. Wir waren in den unterschiedlichsten Dresdner Stadtteilen und auch außerhalb der Stadt unterwegs: Ob Johannstadt, Gorbitz, Pieschen, Strehlen, Striesen, Prohlis, Kleinschachwitz oder Friedrichstadt – innerhalb von drei Jahren haben wir fast alle Stadtteile Dresdens abgetastet.

2020 hatten wir einen prall gefüllten Ordner mit circa 600 biografischen Geschichten zusammengestellt. Nach fünf internationalen Jurysitzungen, in denen wir gelacht, geweint, diskutiert und mitgefühlt haben, klebten an diesem Ordner Hunderte von bunten Merkzetteln: Die besten, prägnantesten, lustigsten oder traurigsten Geschichten sollten von Frauen professionell illustriert werden.

Gleichzeitig leisteten wir regelrechte Detektivarbeit: Wie viele professionelle, internationale Illustratorinnen gibt es überhaupt in Dresden? Welche können wir für das Projekt begeistern? Manche der Zeichnerinnen im Buch sind gestandene Persönlichkeiten in der Illustrator*innenwelt, andere arbeiten hingegen zurückgezogen auf einem kleinen Tisch in ihrer Wohnung und haben trotz ausgezeichneter Kreativität und hochwertigem Talent bis jetzt kaum jemandem ihre Werke gezeigt. Zu unserer großen Überraschung finden wir immer noch Namen uns bis dahin unbekannter Dresdner Illustratorinnen, ob durch Recherchen in der Kunstwelt, Verbindungen oder im Netz.

Wir haben das zurzeit oft verwendete Wort »Empowerment« regelrecht erlebt. Frauenermächtigung, Selbstwertschätzung und eigene Initiative fürs Leben waren beim Buchprojekt spürbar. Unter den Teilnehmerinnen gab es Frauen, die seit Jahren Illustratorinnen oder Künstlerinnen werden wollten. Vier von ihnen sind hier im Buch vertreten. Sie haben ihre eigene oder die Geschichte einer anderen Autorin illustriert, obwohl sie keine oder nur sehr wenig Erfahrung mit dem Illustrieren hatten. Seitdem sie an dem Projekt mitgewirkt haben, bringen sie bewusst mehr Kunst in ihr Leben. Zwei der Frauen sind in Folge selbstständige Illustratorinnen geworden. Darauf sind wir sehr stolz! Auch die Tatsache, dass wir nach vier ereignisreichen Jahren dieses Buch als schönes Kunstobjekt voller Leben, Farben und vielfältigen Stilen in Ihre Hände geben können, erfüllt uns mit großer Freude! Wir wünschen Ihnen viel Spaß beim Lesen und Blättern!

Nazanin Zandi, künstlerische Leiterin des Projekts

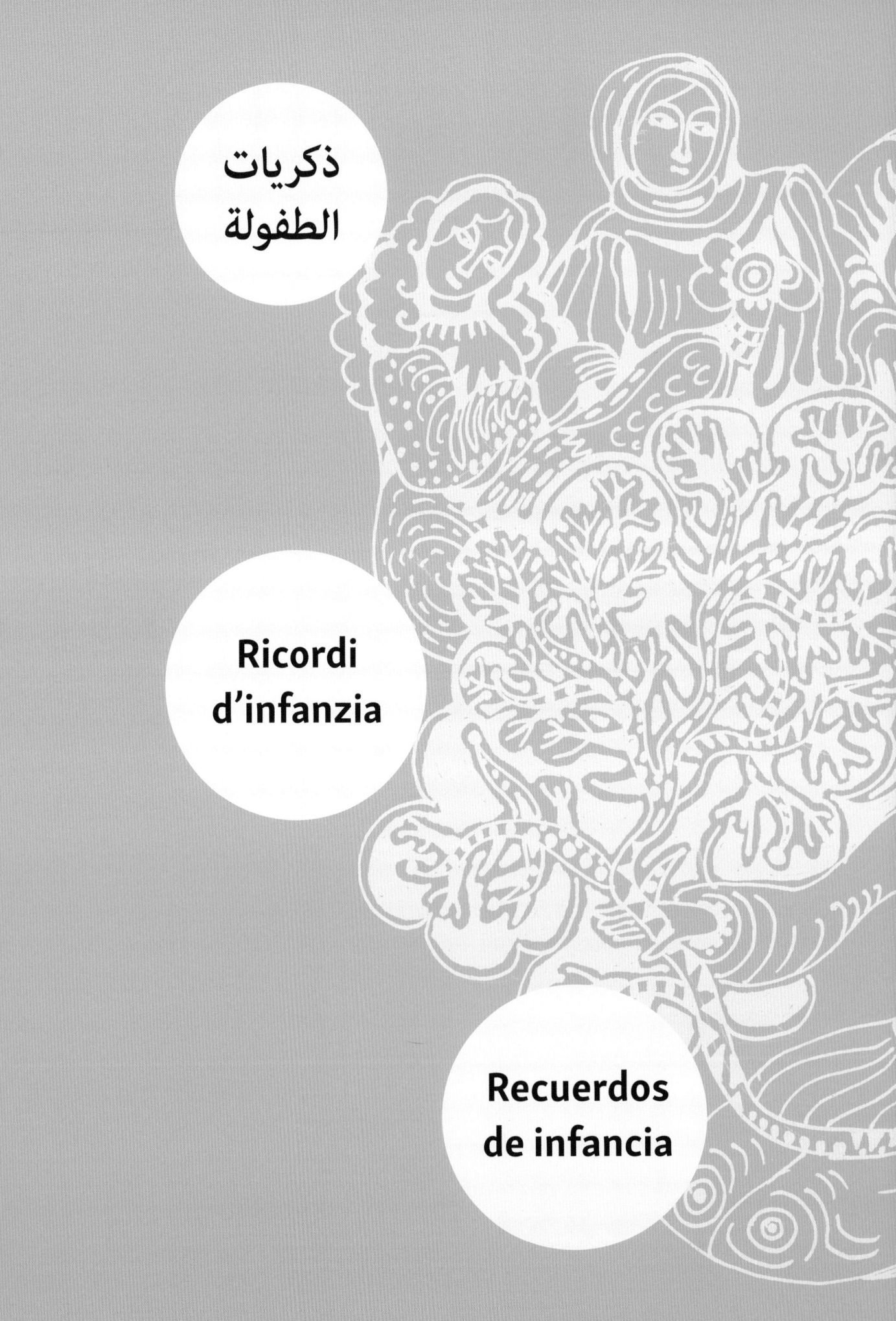

ذكريات الطفولة

Ricordi d'infanzia

Recuerdos de infancia

خاطرات کودکی

Kindheits-erinnerungen

Воспоминания детства

Souvenirs d'enfance

Mutters Regeln zu Hause

Meine Mutter hatte feste Regeln im Haus. Eine davon war, dass die Kinder draußen spielen mussten, wenn wir Gäste zu Besuch hatten, um nicht zu stören. Sie sollten nicht an der Unterhaltung teilhaben, nicht mit den Gästen speisen und reden. Ich war die Älteste von uns Geschwistern. Ich musste im Raum bleiben und meiner Mutter helfen, die Gäste zu bedienen. Wenn ich die Kinder draußen spielen hörte, wünschte ich mir, mit ihnen spielen zu können, anstatt im Raum zu sitzen und zu warten, bis meine Mutter mir eine Aufgabe gab: Wenn die Zeit gekommen war, Kaffee für die Gäste zuzubereiten, schickte mir meine Mutter ein Signal, und ich musste sie verstehen und sofort tun, was sie wollte. Wenn meine Mutter eine Freundin besuchen wollte, nahm sie uns mit, und wir mussten während des gesamten Besuchs ruhig neben ihr sitzen. Wollten wir etwas, mussten wir es ihr ins Ohr flüstern, damit es ihre Freundin nicht hörte. Außerdem durften wir nicht mit den Gästen speisen und nur essen, was meine Mutter uns anbot. Zu Hause gab es Geschirr, das nur für Gäste gedacht war. Es durfte von niemandem für den täglichen Gebrauch benutzt werden.

آداب الزيارة

هناك عادات وتصرفات ثابتة في تفكير والدتي يجب علينا كأطفال تطبيقها عند قدوم الضيوف. من هذه القواعد مثلا ان يذهب الطفال للعب في الخارج عند وجود الضيوف لكي لا يسببوا الضجيج ويزعجوا الكبار إثناء الحديث. من التصرفات الغير مرغوبة هي طرح الاسئله و مشاركة الطعام مع الضيوف. لكن بسبب كوني الأخت الكبرى كان يجب علي مساعدة امي في تحضير و تقديم الطعام او الشاي مثلا عندما تعطيني امي إشارة خفيفة. وعليكم ان تتصورا كيف كان حلمي في الحقيقة الخروج واللعب مع الاخرين.
اما اذا ذهبنا الى زيارة الأصدقاء فكان علينا ان نتصرف بادب و احترام وعندما نطلب شيئا يجب ان نطلبه بصوت منخفض.
مما لفت نظري في الصغر ان والدتي تستعمل الصحون الفاخرة لتكريم الضيوف وليست الصحون التي ناكل فيها كل يوم.

Hala Alshehawi (Syrien) wurde 1961 in Salamieh geboren. Sie hat dort zwei Jahre Lehramt für Kunst studiert und im Anschluss 30 Jahre in einer syrischen Grundschule gearbeitet. Seit 2016 ist sie in Deutschland; mittlerweile hat sie die deutsche Sprache gelernt. Sie war ehrenamtlich im Ausländerrat tätig und Schauspielerin in zwei Stücken: »Morgenland« und »ICH BIN MOSLEMA. HABEN SIE FRAGEN?«. Außerdem hat sie als Bufdi in der Grundschule gearbeitet. Momentan ist sie pädagogische Assistentin in einer Förderschule. In ihrer Freizeit näht sie gerne und widmet sich dem Thema Recycling.

Illustriert von Anne Rosinski

Die Schule

In November 1948 verabschiedete das Präsidium des Obersten Sowjets der UdSSR den Erlass, welcher den Russlanddeutschen verbot, an ihren ursprünglichen Wohnort zurückzukehren. Aus diesem Grund wurde meine Familie aus der Wolgaregion nach Sibirien ins Altaigebiet deportiert. In unserer Familie wurde untereinander deutsch gesprochen. Meine russischsprachigen Freundinnen im Alter von fünf bis sechs Jahren, also jünger als ich, wurden früh eingeschult und konnten bereits Märchenbücher lesen. Zum Zeitpunkt der Umsiedlung war ich bereits sieben Jahre alt, und ich wartete voller Ungeduld darauf, dass man es auch mir endlich erlauben würde, in die Schule zu gehen. Und endlich kam dieser Tag! Die Lehrerin forderte uns auf, ein wenig von uns zu erzählen und uns vorzustellen. Sie ermunterte jeden Schüler mit einem zärtlichen Lächeln. Dann kam ich an die Reihe. Der Gesichtsausdruck der Lehrerin veränderte sich plötzlich. Ich fühlte eine eisige Angst aufsteigen, die durch meinen ganzen Körper kroch. Ich begann zu stottern, als ich meinen für das russische Ohr ungewohnten Vor- und Nachnamen aussprach: »Gee – twiii – gaaa... Liii – bert ...« »Wie?«, fragte meine Lehrerin nach. »Hitler?« Ich brach in Tränen aus. Später rief sie mich gelegentlich so: »Geh an die Tafel, Hitler!« Der Schulunterricht wurde für mich zur Qual. Viele Jahre später beendete ich erfolgreich die Schule und das Pädagogische Institut und wurde selbst Lehrerin. Eines Tages traf ich meine alte Lehrerin dann zufällig auf einer Pädagogikkonferenz. Ich erkannte sie sofort wieder, obwohl sie etwas gealtert war, und entschloss mich trotz meiner bitteren Erinnerungen dazu, ihr einen Blumenstrauß zu schenken, den ich in der Pause kaufte. Ich bedankte mich bei ihr für all das Wissen, das sie mir vermittelt hatte. Sie erkannte mich und gab mir eine Umarmung. Tränen rollten aus ihren Augen, sodass auch ich zu weinen begann – diesmal vor Glück. So saß ich voller Erinnerungen in der Konferenz und träumte davon, ihr vergeben zu können.

(Diese Geschichte hat ein ausgedachtes versöhnendes Ende, das so nicht stattgefunden hat. Hedwig Liebert hätte sich ein Ende in dieser Art gewünscht.)

Школа

В ноябре 1948 года Президиум Верховного Совета СССР принял указ, запрещающий советским немцам возвращаться к прежнему месту жительства. По этой причине моя семья была депортирована с Поволжья в Сибирь (Алтайский край). В нашей семье взрослые и дети говорили друг с другом по-немецки. Мои русскоговорящие подружки 5-6 лет, младше меня по возрасту, рано пошли в школу и уже могли читать книжки со сказками. На момент переселения мне исполнилось семь лет, и я с нетерпением ждала, когда же мне будет разрешено пойти в школу. Наконец-то, этот день наступил! Учительница предложила нам, ученикам, познакомиться и назвать свои имена и фамилии. Каждого ученика она подбадривала ласковой улыбкой. Подошла моя очередь. Учительница внезапно изменилась в лице. Я почувствовала леденящий страх, расползающийся по всему телу. Произнося вслух свои немецкие, непривычные для русского языка имя и фамилию, я начала заикаться: »Гее-твии-гаа Лии-беерт...« »Как?!« - переспросила меня учительница: »Гитлер?« Я заплакала. Потом она меня так часто называла: »Иди к доске, Гитлер!« Учёба в школе превратилась для меня в мучение. Прошло много лет, я закончила успешно школу, педагогический институт и сама стала учителем. Мы встретились с ней случайно на педагогической конференции. Я сразу узнала ее и решила, несмотря на мои горькие воспоминания, подарить ей букет цветов, который я купила во время перерыва. Я сердечно поблагодарила её за знания, которые она мне дала. Она узнала меня и обняла. Из глаз её покатились слёзы, и я тоже заплакала. Теперь уже от радости. О таком счастливом конце этой истории я мечтала, сидя на конференции. Но к сожалению, этого не произошло.

(У этой истории выдуманный примиряющий финал, который в реальности не случился. Но Хедвиг Либерт пожелала для себя такой конец истории.)

Hedwig Liebert (Usbekistan) wurde 1943 in Barnaul, Sibirien, als Wolgadeutsche geboren. Am Anfang des Zweiten Weltkriegs war die Familie von der Stadt Saratow in Russland nach Sibirien deportiert worden und dort ins Lager der »Arbeitsarmee« gezwungen worden. Nach Stalins Tod wurden Wolgadeutsche offiziell vom Vorwurf der Kollaboration befreit, und die Familie zog nach Kasachstan. Nach dem Studium arbeitete Hedwig zuerst als Lehrerin in Kasachstan, seit 1980 arbeitete sie als Lehrerin für Mathematik und Physik in Usbekistan. Nach der Auflösung der Sowjetunion befürchtete sie ethnisch-religiöse Konflikte, und so verließ sie Usbekistan in den 1990er Jahren und zog mit ihrem Sohn nach Deutschland. Hier wurde sie als Spätaussiedlerin aufgenommen und arbeitete 18 Jahre lang in einer Reinigungsfirma.

Illustriert von Ines Hofmann

Die Sonnencreme

Mein Papa ist ein lustiger Kerl. Er ist fast zwei Meter groß, trägt eine quadratische Brille und hat einen schwarz gelockten Bart. Jeden Morgen geht er zum Tabakladen, kauft etwa zehn Zeitungen und vergleicht die politischen Artikel. Lesen war für meinen Papa schon immer sehr wichtig, da er Schriftsteller und Professor für Menschenrechte an der Universität ist. Als ich noch klein war, las er eines Tages, dass man von der Sonne Hautkrebs bekommt. Er nahm sich diese Geschichte sehr zu Herzen. Von da an ließ er mich nie wieder ohne T-Shirt, Mütze und Sonnencreme aus dem Haus gehen.

Die Herausforderung offenbarte sich, als wir ins Schwimmbad gingen. Ich liebte es, im Wasser zu planschen und stelle mir heute noch gerne vor, ich sei ein Fisch. Doch wenn sich das Öl von meinem eingecremten Körper löste, entstanden sichtbare Ringe, die mich umkreisten und sich bald im ganzen Becken verbreiteten. Ich sah aus wie ein Stück schmelzende Butter. Da wurde der Bademeister eines Tages sehr böse und meinte, ich dürfe hier nicht mehr zum Schwimmen kommen, weil ich das schöne klare Wasser seines geliebten Beckens immer wieder versaue. Seitdem baden mein Papa und ich nur noch im See. Ich rubbele davor jedoch meist heimlich mit meinem Handtuch die Sonnencreme ab und schmeiße ein paar Brotkrumen vom Steg – so bleiben die Enten und Schwäne immer freundlich und werden auch noch satt.

La crème solaire

Mon Papa est un drôle de bonhomme. Il mesure presque deux mètres, porte des lunettes carrées ; ainsi qu'une barbe noire et bouclée. Tous les matins il se rend au tabac, achète une dizaine de journaux et compare les articles politiques. La lecture a toujours été très importante pour mon Papa car il est professeur de droit de l'homme à l'Université ainsi qu'écrivain. Quand j'étais petite, il a lu que le soleil provoquait le cancer de la peau. Il a pris cette nouvelle à la lettre et à partir de ce jour, il ne m'a plus jamais laissée sortir de la maison sans t-shirt, casquette et badigeonnée de crème solaire.

À chaque fois que nous allions à la piscine, c'était un vrai défi. J'adore patauger dans l'eau et faire semblant d'être un poisson. Cependant, à cette époque, je n'étais pas une cliente très désirée. L'huile qui émanait de mon corps crémeux se transformait en anneaux visibles se répandant dans le joli bassin bleu. J'avais l'air d'un morceau de beurre fondu. Un jour, le maître-nageur s'est énervé et a crié que je ne pourrais plus nager ici car je salissais la belle eau claire de sa piscine.

Depuis, mon père et moi ne nous baignons plus que dans les lacs. Mais avant cela, je retire discrètement la crème solaire en me frottant avec ma serviette pour ne surtout pas déranger la foulque macroule, le fuligule morillon et tous les autres canards et cygnes de la région. Et je leur jette même des miettes de pain pour leur faire plaisir!

Kristina Britt Reed (Französische Schweiz) wurde 1986 in Lausanne geboren. Sie ist eine Theaterschauspielerin, Zirkuskünstlerin und Menschenrechtsaktivistin für Bewegungsfreiheit. Kristina ist als Performerin jahrelang um die ganze Welt gereist, hat sowohl in Lateinamerika als auch im Nahen Osten gelebt und spricht ganz viele Sprachen durcheinander. Sie studierte Internationale Beziehungen an der TU Dresden und gründete 2018 den Zirkus ohne Grenzen: »Libereco de Movado«. Bis vor kurzem spielte sie in den »Räubern« von Schiller im Theater für Niedersachsen (Landesbühne Hildesheim). Aktuell arbeitet sie als Fahrradkurier. Zu ihren Hobbys zählen Rollschuhfahren, Wände streichen, laut singen und das Züchten exotischer Pflanzen.

Illustriert von Effi Mora

Die Flucht

Auf ganz eigene Weise bildet das Thema Flucht einen roten Faden im Leben vieler Menschen. Für manche traumatisch und gegenwärtig, für andere verborgen in der Familienbiografie. Mich führte die Spurensuche zur Geschichte meines Vaters, der als Kind am Ende des Zweiten Weltkriegs die Flucht aus Ostpreußen erlebte und überlebte.

Die Familie hatte sich gerade eine solide landwirtschaftliche Existenz aufgebaut, als die Front im Winter 1944/45 bedrohlich näher rückte. Auf Flucht und deren Vorbereitung stand die Todesstrafe. Erst im letzten Moment vor dem endgültigen Zusammenbruch konnte der so sorgfältig gepackte wie versteckte Wagen hervorgeholt werden. Eine Fluchtgemeinschaft von elf Frauen und Kindern mit meinem Großvater als einziger Mann brach in den eisigen Winter auf. Später gab es nur Bruchstücke von Erinnerungen an brechendes Eis, versinkende Wagen und schreiende Pferde. In einem Hohlweg mitten durch die Frontlinie peitschten Schüsse über die Köpfe der Flüchtenden hinweg. Der Weg endete vorerst in Pommern: Die jüngste Schwester hatte eine Lungenentzündung und schwebte in Lebensgefahr. Insgesamt dauerte der Aufenthalt an dieser Zwischenstation mehr als zwei Jahre. Der Großvater war mit seinen Sprachkenntnissen und Fähigkeiten ein gefragter Mann und brachte die Fluchtgemeinschaft durch. Immer wieder mussten die Unterkunft gewechselt und Stücke der wenigen geretteten Habe abgegeben werden. Am Ende gab es keinen Grund, in dem Land zu bleiben, das nun endgültig polnisch werden sollte. Mit dem ehemals eigenen Pferdewagen wurde die Gemeinschaft im Sommer 1947 zum Bahnhof gebracht. »Achtung, Achtung! Dieser Zug endet in Pirna an der Elbe« war der Satz, mit dem ein neuer Lebensabschnitt begann.

Alle Mitglieder der Fluchtgemeinschaft haben überlebt. Mein Vater hielt als promovierter Landwirt und leidenschaftlicher Gärtner die Verbindung zur Herkunft der Familie aufrecht. Bis heute ist es eine feste Größe im Jahreskalender, mit seiner Enkelin Kartoffeln im eigenen Garten zu ernten.

Uta Rolland (Deutschland) wurde 1971 in Dresden geboren, wuchs in Meißen auf und studierte Kulturwissenschaft und Kunstgeschichte in Leipzig. Sie ist seit über 20 Jahren im Bereich Veranstaltungs- und Projektmanagement selbstständig. Seit 2013 lebt sie in Dresden. Ausgehend von der Auseinandersetzung mit der eigenen Familiengeschichte, entwickelt sie seit 2017 die biografische Arbeit in Text und Bild zu einem neuen Tätigkeitsfeld. Die Malerei ist eine Kindheitsliebe, die in der Wendezeit fast zu einem Kunststudium geführt hätte und 2019 durch das Projekt »Frauen als Wandelsterne« neu belebt und intensiviert wurde.

Illustriert von Uta Rolland selbst (Comic-Kurs-Teilnehmerin)

Die Modenschau

Im Vorschulalter träumte ich davon, Schwestern zu haben, da ich nur zwei Brüder hatte. Darum war ich voller Glück, als meine beiden Cousinen zu Besuch kamen. Wir warfen uns in Schale und gingen spazieren. Plastikkörbe dienten uns als Hüte, ein Paar reife Kirschen, die wir uns um die Ohren hingen, waren unsere Ohrringe. Unsere Stöckelschule bastelten wir aus Holzwürfeln, die wir – in Socken eingehüllt – unter die Fersen steckten. Wir fühlten uns wie Supermodels auf dem Laufsteg, stolzierten den Bach entlang und bemerkten kaum, wie sich die Regenwolken am Himmel zusammenzogen. Plötzlich wehte ein starker Wind. Beide Cousinen, Lilia und Rita, liefen blitzschnell in einen Hauseingang und versteckten sich dort vor dem Regen. Hastig stürmte ich ihnen nach. Unfähig, auf meinen »Absätzen« zu laufen, stolperte ich und fiel hin. Der Korbhut flog mir vom Kopf, die Kirschohrringe fielen in verschiedene Richtungen. Meine Cousinen lachten schallend auf. Mir aber war nicht nach Lachen zumute.

Показ моды

Дошкольницей я мечтала иметь сестёр, так как имела только двух братьев. И, когда к нам приезжали мои кузины, я была совершенно счастлива! Однажды мы нарядились и отправились на прогулку, воображая себя манекенщицами на показе моды. Шляпками нам послужили пластмассовые узорные корзинки. Пара спелых вишен, зацепленных за уши, стали серёжками. Туфли на каблуках мы смастерили из кубиков, засунув их в носки под пятки. Гордо демонстрируя моду, мы не заметили, как собрались дождевые тучи, и внезапно подул сильный ветер. Обе кузины, Лиля и Рита, быстро забежали на крыльцо нашего дома под навес. Я торопливо ринулась за ними, споткнулась, не удержавшись на каблуках, и упала. Шляпа-корзинка слетела с моей головы, вишенки-серёжки попадали в разные стороны. Мои кузины звонко хохотали, но мне было не до смеха.

Margarita Ohngemach (Kasachstan) wurde 1958 im Dorf Turgen, im Gebiet Almaty, geboren. Sie ist Diplom-Pädagogin und Lehrerin für russische Sprache und Literatur. Seit 1992 in Dresden, arbeitet sie als Sozialpädagogin und Betreuerin in verschiedenen Projekten und Vereinen. Sie schreibt Essays und Gedichte in Russisch und leitet das vor 28 Jahren gegründete Folkloreensemble »Kalinka«.

Illustriert von KENDIKE Henrike Terheyden

Zahnschmerzen bei Oma

»Oma, warum sitzt der liebe Gott immer über deinem Bett auf dem großen Berg?«
Ich wurde im katholischen Eichsfeld geboren, aber nicht zum Glauben erzogen. Meine Großmutter ging ihrem Glauben intensiv nach. Ihr Zimmer war vor meinem, und über ihrem Bett befand sich ein riesiges Bild von Jesus auf dem Berg. Ich hatte Zahnweh, und Oma meinte, wenn du betest, dann hört es auf. Nun dachte ich, wenn ich auf Oma höre, hilft es – wie so oft zuvor. Im Bad kniete ich vor der Badewanne und versuchte mich im Gebet. Hui, es schmerzte immer noch. »Oma – es hilft nicht.« »Du musst noch warten und hoffen.« Also wartete ich. »Oma, warum sitzt der liebe Gott dort und hilft mir nicht bei den Zahnschmerzen?« Oma wusste, er hilft, aber ich war so ungeduldig. Deshalb musste ich auf eine Nelke beißen. Es funktionierte kurz. Der Zahnarzt musste doch bohren. Und der liebe Gott saß weiter bei Oma.

Petra Wilhelm (Deutschland) wurde 1965 in Eichsfeld, Worbis, geboren. Im Zeichenkurs der Oberschule gelangten ihre Arbeiten in Ausstellungen, Schulhaus, Bibliothek, Gemeindehaus. Nach dem Besuch einer Spezialschule in Erfurt folgte ein Studium der deutschen und russischen Sprache. Seit 1987 lebt und arbeitet sie in Dresden. Neben der Lehrtätigkeit absolvierte sie Studiengänge in Theaterpädagogik, Ethik, Philosophie und immer wieder Lehrgänge in Malerei und Zeichnen. Mit Kindern und Jugendlichen betreibt sie verschiedene kreative Projekte, so bemalen sie beispielsweise Stühle, betreiben Upcycling oder kreieren Pappmachéobjekte.
Unter ihrem Künstlernamen »KRUMMBUNT« stellt sie ihre Werke an unterschiedlichen Orten aus: Textilarbeiten finden sich im Kunsthof, Acrylarbeiten in der Kümmelschänke und Grafik in der Galerie Sillack.

Illustriert von Petra Wilhelm selbst (Comic-Kurs-Teilnehmerin)

Glasmurmeln

Hinter unserem Haus gab es große Sandberge. Eigentlich sollten hier Häuser gebaut werden, aber unsere zukünftigen Nachbarn mussten so lange auf die Baugenehmigung warten, dass hier bald eine herrliche Wildnis herrschte. Meine Freundin und ich bauten hier unsere Murmelburgen aus nassem Sand. Stundenlang ließen wir die bunten Glasmurmeln die Bahn herunterrollen und hatten dabei riesigen Spaß. Am Rande der Sandberge standen wunderschöne alte Linden, an deren Stämmen sich Unmengen schwarz-roter Feuerwanzen sonnten. Ich fand diese Tiere unglaublich schön. Eines Tages hatten sie über Nacht auch unsere Murmelbahn bevölkert. Es sah aus wie ein wilder Wettlauf. Stundenlang sahen meine Freundin und ich zu, und wir waren ganz darin versunken.

Sylvia F. (Deutschland) wurde in Dresden geboren. Sie studierte Regie für Musiktheater und Bildregie in Berlin und Straßburg. Nach langjähriger Tätigkeit für das Musiktheater engagiert sie sich seit 2014 in den Bereichen barrierefreie Sprache, Imagefilme und Öffentlichkeitsarbeit für einen Wohlfahrtsverband. Außerdem arbeitet sie als Dozentin in diesen Fachgebieten.

Illustriert von Paula Huhle

Im Laufstall

Kindheit im Erzgebirge. Die ersten Jahre meines Lebens lebte ich mit meinen Großeltern, Eltern und meinem Bruder auf einem Bauernhof im Erzgebirge. Schon mit Beginn meines Laufenlernens mit ein oder zwei Jahren war ich gern und so schnell unterwegs, dass die Erwachsenen mich oft suchen mussten. So konnte das auf Dauer nicht bleiben, denn auf dem Bauernhof gab es viel zu tun. Da kam mein Großvater auf die Idee, ein großes Ställchen für mich zu bauen und dies auf der Wiese aufzustellen. Mit immerhin fünf Metern Länge und drei Metern Breite gab es genug Platz, sich zu bewegen und mit Teddybären und Autos zu spielen. Alle schienen zufrieden mit dieser Lösung, das kleine Mädchen war gut betreut. Die Zeit verging, und irgendwie war es zu ruhig. Die Großmutter ging nachsehen, und was sah sie da? Das Ställchen stand offen, die Tür war angelehnt, und weit hinten auf der Wiese saß die Kleine unter einem Apfelbaum und aß Gänseblümchen.

Angela (Deutschland) wurde 1953 in Holzhau geboren, studierte Gartenbau, arbeitete auf dem Gebiet der Betriebswirtschaft und hatte verschiedene ehrenamtliche Tätigkeiten (unter anderem als Lesepatin, beim Telefonnotdienst und in der gesetzlichen Betreuung). Mit dem Ruhestand kehrte sie aus Hessen nach Dresden zurück und lernt nun ihre alte Heimat – insbesondere die Natur und Kunst – besser kennen. Ihre Hobbys sind Lesen, Fotografieren, Wandern und Malen.

Illustriert von Nazanin Zandi

Damals, als das Plüschtier seinen Kopf verlor

Damals war ich ein kleines Kind, vielleicht ein Jahr alt. Mein Bruder war acht. Er spielte mit seinen kleinen Wagen und Autos. Ich war in der Nähe und hatte die schlechte Idee – wirklich schlechte Idee, mit seinem Lieblingsplüschtier zu spielen. Es war ein kleines weißes Kaninchen mit einer roten Fliege. Ich nahm es und fing an, damit zu spielen. Mein Bruder war ganz froh, dass ich mit seinem Plüschtier spielte. Aber dann – die Tragödie! Ich weiß weder wie noch warum, aber auf einmal hatte ich den aufgeplatzten Kopf des armen Kaninchens in den Händen. Mein Bruder starrte mich an und dann das Kaninchen. Er schien so traurig zu sein, aber ich verstand den Grund nicht – ich war noch zu jung. Aber dann war er nicht mehr traurig, nein. Er war böse, wirklich böse. Sein Gesicht war rot, in seinen Augen gab es Feuer. Seit jenem Moment an stritten mein Bruder und ich immer, und noch heute wirft er mir vor, dass ich sein Plüschkaninchen zerstört habe.

Quella volta che un peluche perse la testa

All'epoca ero una bimbetta, avrò avuto circa un anno. Mio fratello ne aveva otto. Lui stava giocando tranquillo con le sue macchinine. Io ero lì vicino e mi venne la terribile idea di mettermi a giocare con il suo peluche preferito, un coniglietto bianco con un papillon rosso. Lo presi e iniziai a giocarci sotto il suo sguardo felice e fiero. Ma poi... TRAGEDIA! Non so né come né perché sia successo, ma decapitai il coniglietto. Mio fratello rimase di sasso: guardò prima me, poi il suo peluche. Sembrava davvero triste, ma come potevo capire ciò che avevo fatto, avevo solo un anno! Ma poi il suo sguardo da triste si trasformò in arrabbiato, molto arrabbiato. La sua faccia divenne rossa e mi fulminò. Fu la fine. Da quel momento in poi il nostro armonioso rapporto di fratello e sorella si è trasformato in un bisticcio continuo. Ancora oggi non facciamo altro che stuzzicarci e ogni volta mio fratello non fa altro che rinfacciarmi quella volta che staccai la testa al suo coniglietto di pezza.

Anna Alice Anzelini (Italien) wurde 1994 in Borgo d'Anaunia in Trento geboren. Sie studierte Germanistik, Anglistik, Literatur und Übersetzung in Italien und Deutschland. Nach ihrem Studium arbeitete sie als Deutsch- und Italienischlehrerin in verschiedenen Schulen. Sie hat für ihr Studium fast zwei Jahre in Dresden verbracht. Jetzt arbeitet sie als Übersetzerin und Sekretärin bei einer Firma, aber ihre größte Leidenschaft ist die Kunst. Sie wünscht sich für ihre Zukunft, ihre Comics zu veröffentlichen und eine »echte Künstlerin« zu werden. Malen und zeichnen, lesen, schreiben und Gitarre spielen gehören zu ihren Hobbys.

Illustriert von Rosa Brockelt

Alfredino

Als ich ein kleines Mädchen war, ließ mich meine Mama Valeh oft fernsehen, viele Trickfilme, deren Titellieder ich bis heute auswendig kenne. Ich glaube, es war für sie entspannter so, und sie konnte nach einem langen Arbeitstag in Ruhe kochen. Unsere Wohnung war klein und eng, verteilt auf fünf Etagen. Meine Mama kochte ein Stockwerk weiter unten, ich saß auf einem kleinen Sessel vor dem kleinen Fernseher, der auf einem kleinen Tischchen stand, ein Stockwerk weiter oben. Eines Abends bemerkte ich während des Fernsehens, dass neben mir eine kleine Maus saß, die super konzentriert mit mir den Trickfilm anschaute. Sie war vom Balkon hereingekommen, der auf die Dächer von Florenz hinausging und einen tollen Ausblick bot. Das Mäuschen besuchte mich von da an regelmäßig und folgte mit dem Kopf den Bewegungen des Trickfilms. Also gaben meine Mama, Bernt (ihr Partner) und ich ihm einen Namen: Alfredino. Nach ein paar Tagen erklärte uns Bernt, würden wir Alfredino nicht einfangen, wäre unsere Wohnung bald von Hunderten Alfredinos bevölkert. Also kaufte er eine Lebendfalle, und wir fingen Alfredino ein. Ich aber war sehr traurig, denn Bernt ließ ihn am nächsten Tag in einer Ruine gegenüber frei, die voller Katzen war. Im Innersten wusste ich, die Maus würde nicht durchkommen.

Alfredino

Quando ero bambina, mia mamma Valeh mi faceva guardare spesso la televisione e tanti cartoni animati di cui ancora oggi conosco le sigle a memoria. Credo che per lei fosse più rilassante così, in modo da poter cucinare in pace dopo una lunga giornata di lavoro. Il nostro appartamento si elevava su cinque piani, ma era piccolo e stretto. Lei cucinava giù al piano di sotto, mentre io al piano di sopra stavo seduta su una piccola sedia davanti alla piccola televisione poggiata su un piccolo tavolino. Una sera mentre guardavo la televisione, mi accorsi che seduto accanto a me c'era un piccolo topolino che seguiva super concentrato i cartoni animati insieme a me. Era entrato dal balcone che dava sui tetti di Firenze e che offriva una magnifica vista sulla città. Da quel momento in poi il topolino venne a trovarmi quasi ogni sera e, muovendo la testa, seguiva i movimenti del cartone animato. Allora io, mia mamma e Bernt gli demmo un nome: Alfredino. Dopo un paio di giorni Bernt ci spiegò però che se non avessimo catturato Alfredino, ci sarebbero stati centinaia di Alfredini nel nostro appartamento. Così Bernt comprò una trappola. Una di quelle che non uccidono, ma soltanto acchiappano i topi, e catturammo Alfredino. Il giorno dopo Bernt liberò Alfredino in mezzo alle rovine di un edificio di fronte a casa nostra, dove c'erano tanti gatti e io ero tristissima. In fondo, in cuor mio, sapevo che Alfredino non ce l'avrebbe fatta.

Nazanin Zandi (Iran) wurde 1973 in Kerman geboren. Aufgewachsen ist sie in Florenz. Sie studierte Architektur in Paris und Dresden. Seit ihrer Kindheit wollte sie Künstlerin sein, also eröffnete sie 2011 über Umwege ein Atelier und initiierte und leitete seitdem zahlreiche sozio-politisch-kulturelle Projekte. Durch ihre Kunst möchte sie das gesellschaftliche Gespräch fördern. Seit 2016 gibt sie wöchentliche kreative Kurse im gesamten Stadtraum, um Vorurteile abzubauen und demokratisches Denken zu unterstützen. Sie spricht sieben Sprachen.

Illustriert von Johanna Failer

Fadenspiele

Als ich ein Kind war, haben wir mit meinem jüngeren Bruder viele Spiele improvisiert. Einmal haben wir im Fernsehen gesehen, wie Leute mit einem Faden zwischen den Händen spielten und interessante Formen machten. Also nahmen auch wir einen Faden, verknoteten seine beiden Enden und begannen.
Die ersten Bewegungen waren einfach, aber kompliziertere Formen zu machen, das war schwierig. Unsere kleinen Hände verhedderten sich mit dem Faden. Dann mussten wir zu unserer Mutter gehen, und sie schnitt den Faden mit einer Schere ab und ließ unsere Hände für das nächste Spiel frei. Mein Bruder und ich sind erwachsen geworden. Jetzt gehen wir alle unseren eigenen Weg und leben auf unterschiedlichen Kontinenten – aber es gibt immer noch einige Fäden, die uns miteinander verbinden.

نخ‌بازی

بچه که بودم با برادر کوچک‌ترم بازی‌های من‌درآوردی زیادی می‌کردیم. یک‌بار در تلویزیون دیدیم که مردم با یک تکه نخ بین دست‌هایشان شکل‌های هندسی جالبی می‌سازند. ما هم یک تکه نخ برداشتیم، دو سر آن را به هم گره زدیم و شروع کردیم....
چند حرکت اول آسان بود، ولی وقتی خواستیم شکل‌های پیچیده‌تری درست کنیم حسابی گیج شدیم، دست‌های کوچک‌مان بین نخ‌مان گم شد و همه چیز در هم گره خورد! خلاصه مجبور شدیم با دست‌های به‌هم گره خورده سراغ مامان برویم. او نخ‌ها را با قیچی پاره کرد و دست‌های ما برای بازی بعدی آزاد شد.
من و برادرم بزرگ شدیم، هرکدام راه خود را رفتیم و اکنون در دو قارهٔ دور از هم زندگی می‌کنیم، ولی هنوز جایی به‌هم گره خورده‌ایم.

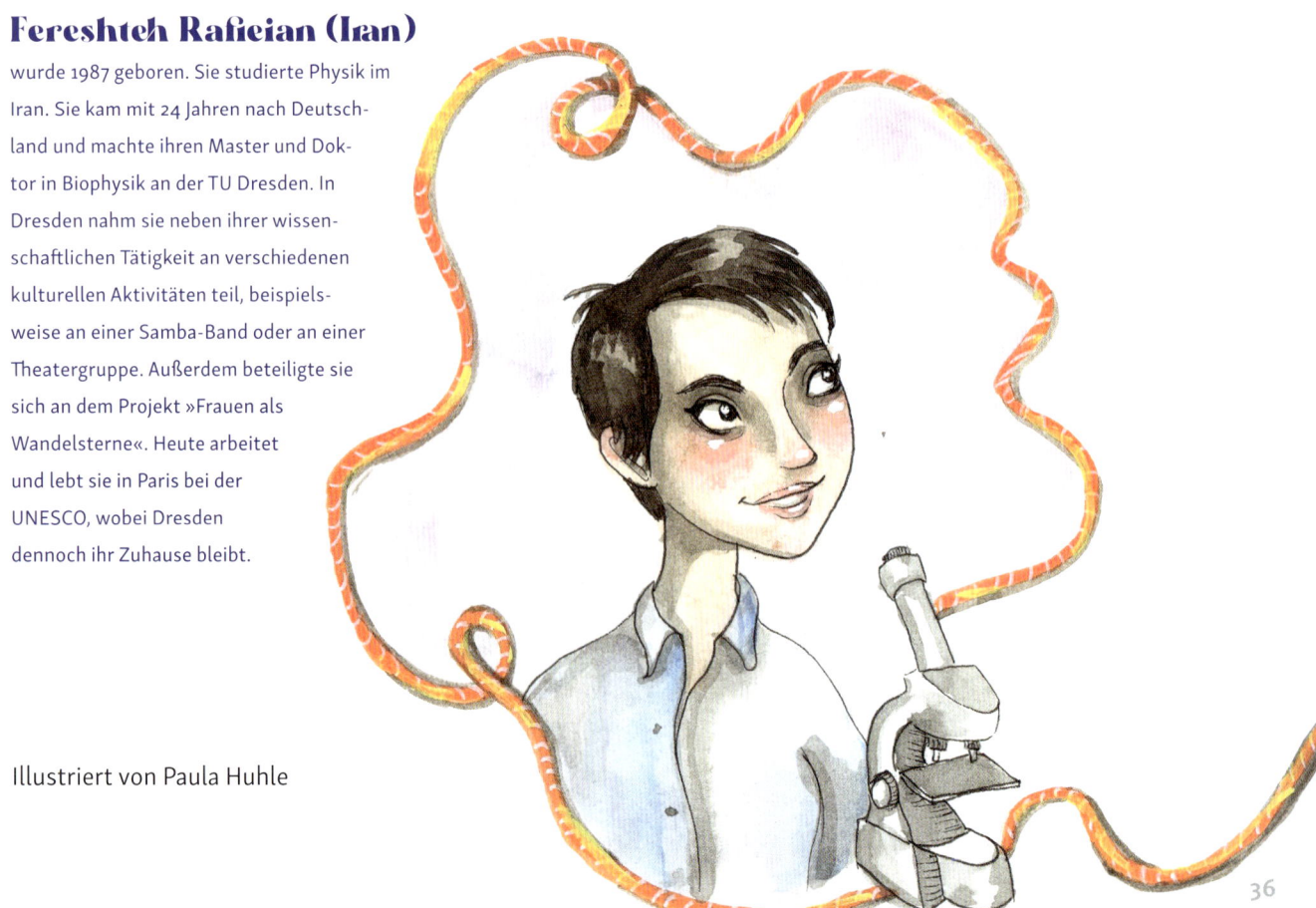

Fereshteh Rafieian (Iran)

wurde 1987 geboren. Sie studierte Physik im Iran. Sie kam mit 24 Jahren nach Deutschland und machte ihren Master und Doktor in Biophysik an der TU Dresden. In Dresden nahm sie neben ihrer wissenschaftlichen Tätigkeit an verschiedenen kulturellen Aktivitäten teil, beispielsweise an einer Samba-Band oder an einer Theatergruppe. Außerdem beteiligte sie sich an dem Projekt »Frauen als Wandelsterne«. Heute arbeitet und lebt sie in Paris bei der UNESCO, wobei Dresden dennoch ihr Zuhause bleibt.

Illustriert von Paula Huhle

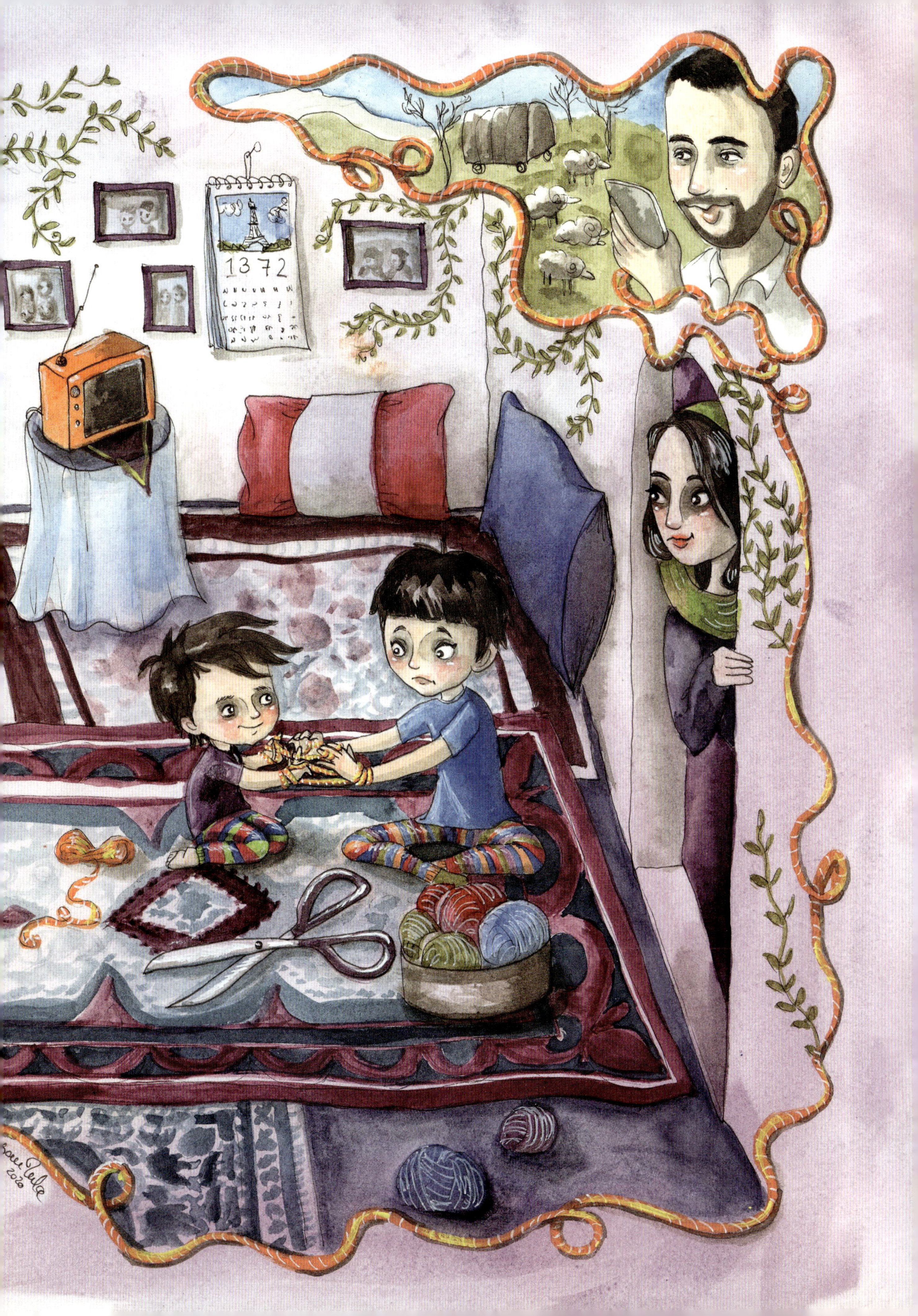
1372

مخاوف الطفولة

Miedos de infancia

Paure d'infanzia

ترس‌های کودکی

Kindheits-ängste

Детские страхи

Peurs d'enfance

Von Mäusen und Wassermelonen

Als wir in Afghanistan lebten, arbeiteten wir als Bauern auf dem Feld. Ich war sechs Jahre alt, hatte einen Bruder und eine Schwester. Wir rissen auf dem Feld den Käfern die Flügel aus und ärgerten die Marienkäfer. Wir bauten Wassermelonen an, und weil viele Mäuse kamen, die sie auffressen wollten, mussten wir auf die Melonen aufpassen. Ich erinnere mich an den Tod meiner Mama. Ich war sieben, meine Schwester fünf und mein Bruder neun Jahre alt. Wir schliefen alle zusammen unter einer Decke, um einander nah zu sein. Als es Nacht wurde, brachten wir unseren Hund zum Feld, damit er auf die Wassermelonen aufpasst. Das Feld war eine Stunde vom Haus entfernt. Wir liefen dann zurück nach Hause und siehe da: Unser Hund war schneller gewesen als wir und wartete schon vor der Tür. Wahrscheinlich hatte er noch mehr Angst vor Mäusen als wir.

موش‌ها و هندوانه‌ها

وقتی من و خانواده‌ام در افغانستان زندگی می‌کردیم، در مزرعه‌ای به شغل کشاورزی مشغول بودیم. من شش سالم بود و یک برادر و یک خواهر داشتم. ما بچه‌ها کفشدوزک‌ها را در مزرعه آزار می‌دادیم و بال سوسک‌ها را می‌کندیم! خانوادهٔ من در مزرعه هندوانه می‌کاشتند و ازآنجاکه موش‌های زیادی برای خوردن هندوانه حمله می‌کردند، ما باید از هندوانه‌ها مراقبت می‌کردیم.

وقتی هفت سالم شد، مادرم را از دست دادم. من مرگ او را به‌خاطر دارم. در آن زمان، برادرم نه و خواهرم پنج سال داشت. ما همه زیر یک پتو می‌خوابیدیم تا به هم نزدیک‌تر باشیم.

یک شب برای مراقبت از هندوانه‌ها سگمان را به مزرعه بردیم. مزرعه یک ساعت با خانه فاصله داشت و همه جا تاریک بود. وقتی به خانه برگشتیم دیدیم که سگمان تندتر از ما دویده و جلوی در خانه منتظر ماست. ما از موش‌ها می‌ترسیدیم، اما فکر کنم سگمان بیشتر از ما از موش‌ها ترسیده بود!

Zahra Arab (Afghanistan) wurde 1991 im kleinen Dorf Maimana bei Masar-e-Sharif geboren. Sie verlor ihren Vater mit zwei Jahren und ihre Mutter mit sieben Jahren. Sie wuchs bei ihrem Onkel auf, durfte nie zur Schule, konnte daher weder lesen noch schreiben und wurde mit zwölf Jahren verheiratet. 2015 ist sie mit zwei Kindern in ihren Armen im Alter von 24 Jahren nach Deutschland geflohen. Heute lebt sie mit ihren drei Kindern in Dresden. Hier lernt sie lesen und schreiben. Sie liebt das Schwimmen und Fahrradfahren und arbeitet in einem wunderschönen Café.

Illustriert von Annette von Bodecker

Als wir in Afghanistan waren, haben wir als Bauern auf dem Feld gearbeitet.

Ich war sechs Jahre alt und hatte einen Bruder und eine Schwester.

Wir haben auf dem Feld die Flügel der Käfer ausgezogen und die Marienkäfer geärgert.

Wir hatten Wassermelonen angebaut. Und es kamen viele Mäuse......,

die die Melonen aufgegessen haben.

Ich erinnere mich an den Tod meiner Mama.

Da haben wir, meine Schwester, mein Bruder und ich unter einer Decke alle zusammen geschlafen um nah beieinander zu sein.

Als es Nacht wurde, haben wir unseren Hund auf das Feld gebracht, damit er auf die Melonen aufpasst. Das Feld war eine Stunde vom Haus entfernt.

Wir sind dann zurück nach Hause gelaufen.

Und da... unser Hund war schneller als wir und stand schon vor der Haustür.

Sehr wahrscheinlich hatte er sogar mehr Angst vor der Nacht und den Mäusen als wir.

Die Kakerlake

Das erste Mal, als ich eine Kakerlake gesehen habe, war ich zwei oder drei Jahre alt. Ich wollte sie in die Hand nehmen und anschauen, aber plötzlich hat meine Mama geschrien: »Nein! Nein, nicht anfassen!«

Seitdem hatte ich immer Angst vor Kakerlaken. Als ich aufwuchs, habe ich viel daran gearbeitet, diese Angst zu überwinden. Als ich zum Beispiel nach Deutschland kommen wollte, dachte ich, weil das Wetter hier sehr feucht ist, muss es viele Kakerlaken geben, also musste ich mit Kakerlaken umzugehen lernen.

Ich lebe jetzt seit acht Jahren in Deutschland und habe noch nicht einmal eine Kakerlake gesehen! Aber hier gibt es so viele Spinnen. Und ich habe jetzt gelernt, mit deutschen Spinnen umzugehen.

سوسک

اولین باری که سوسک دیدم، دو یا سه سالم بود. خواستم سوسک را توی دستم بگیرم و خوب نگاهش کنم که مادرم فریاد زد: «نه! نه! بهش دست نزن!!!»

از همان روز من همیشه از سوسک می ترسیدم. بزرگ تر که شدم، برای غلبه بر این ترس کارهای بسیاری انجام دادم. وقتی تصمیم گرفتم به آلمان بیایم، فکر می کردم چون هوای آلمان مرطوب است حتماً سوسک هم زیاد هست، پس باید می توانستم با سوسک های اینجا کنار بیایم.

الآن هشت سال است که در آلمان زندگی می کنم و چشمم حتی به یک سوسک هم نیفتاده است! عوضش تا دلتان بخواهد عنکبوت دیدم، و من حالا بلدم چطور با عنکبوت های آلمانی کنار بیایم.

Fereshteh Rafician (Iran) wurde 1987 in Shahrekord geboren. Sie studierte Physik im Iran. Sie kam mit 24 Jahren nach Deutschland und machte ihren Master und Doktor in Biophysik an der TU Dresden. In Dresden nahm sie neben ihrer wissenschaftlichen Tätigkeit an verschiedenen kulturellen Aktivitäten teil, beispielsweise an einer Samba-Band oder an einer Theatergruppe. Außerdem beteiligte sie sich an dem Projekt »Frauen als Wandelsterne«. Heute arbeitet und lebt sie in Paris bei der UNESCO, wobei Dresden dennoch ihr Zuhause bleibt.

Illustriert von Nadine Wölk

یادم باد که ۱۲ ۱۳ سالگی توی دستشویی بودم ‌
ببینم و نخواستم پدرم رو خبر کنم بهش کنم
ولی بدم عمداً کار بود. نه اد بدی دست زدن
خیلی ترسیدم... و الان هر موقع یاد بچگی می
تنهایی شد
دیوار کشی
۱۵ سالم بود از ایران رفتم دبی بعد می شد
بعد گیلم پدرام بودم
بعد که یادمه اشیا میاد توی بنگاه های جهان

Die gigantischen Wolfsmänner

Als ich ein kleines Kind war, vielleicht acht oder neun Jahre alt, begann ich, in vielen Nächten einen Albtraum zu haben. In diesem war ich ganz allein mit meinem kleinen Bruder in unserer Heimatstadt Teheran. Ich erinnere mich an die Angst, die in meinem Körper aufstieg, als ich plötzlich zwei gigantische, ganz weiße Männer in meinem Albtraum sah. Sie waren sehr groß, hatten große Füße und Hände wie Menschen und die Köpfe von Wölfen. Es schien, als würden sie versuchen, mich und meinen Bruder zu finden, also begannen wir zu rennen. Wir versteckten uns, doch sie fanden uns, sie verfolgten uns überall hin. Wir rannten, so schnell wir konnten, und doch waren wir nie sicher, da sie uns mit ihren gigantischen Füßen erreichen würden!
Ich erinnere mich, dass ich in meinem Albtraum – als mein Bruder und ich die Hauptstraße unserer Nachbarschaft voller Autos hinunterliefen – dachte, wenn ich nur ein Auto fahren könnte, könnten sie uns niemals erwischen!
Es ist Jahre her, dass ich meinen Führerschein gemacht habe, und lassen Sie mich Ihnen sagen, dass ich diesen Albtraum seitdem nie wieder hatte!

انسان-گرگ‌های غول‌پیکر

وقتی دختربچه‌ای ۸-۹ ساله بودم، بسیاری از شب‌ها کابوسی به سراغم می‌آمد. در این کابوس همیشه من و برادر کوچکم در زادگاه‌مان تهران کاملاً تنها بودیم که دو مرد غول‌پیکر سفیدپوش سروقت ما می‌آمدند و ما از ترس می‌لرزیدیم. آنها بسیار بزرگ بودند، با پاها و دست‌های انسان و سر گرگ. به‌نظر می‌رسید که آنها در تلاش برای یافتن من و برادرم بودند و ما هم از ترس می‌دویدیم. ما قایم می‌شدیم ولی آنها ما را پیدا می‌کردند و همه‌جا در تعقیب ما بودند. ما هرچه می‌توانستیم تندتر می‌دویدیم، اما آنها با پاهای غول‌پیکرشان به ما می‌رسیدند و هیچ جا امنیت نداشتیم.
خوب یادم می‌آید که در کابوس وقتی با برادرم از خیابان شلوغ و پر از ماشین محله‌مان می‌گذشتیم، با خودم فکر می‌کردم که فقط اگر بتوانم رانندگی کنم، برای همیشه می‌توانیم از دست آنها فرار کنیم!
حالا سال‌ها از روزی که گواهینامهٔ رانندگی‌ام را گرفته‌ام می‌گذرد و می‌خواهم به شما بگویم که از آن زمان دیگر هرگز آن کابوس را ندیده‌ام!

Alaleh Mirhajivarzaneh (Iran) wurde 1993 in Teheran geboren. Sie studierte Physik im Iran und kam 2016 nach Deutschland, um ihr Masterstudium an der TU Dresden zu absolvieren. Seitdem arbeitet sie als Wissenschaftlerin an interessanten Projekten, die zum Ziel haben, die Lebensqualität von Menschen rund um den Globus zu verbessern. Sie liebt Kunst und genießt es, mehr über verschiedene Kulturen zu lernen.

Illustriert von Xenia Gorodnia

Ich habe doch schon längst einen Führerschein!!
FÜHRERSCHEIN
XENIA GORODNIA

Babajka

In meiner Kindheit, die ich in der Sowjetunion verbrachte, hatten viele Kinder Angst vor Babajka – so auch ich! Dieser hässliche Alte, dessen Wurzeln in der slawischen Mythologie liegen, lebte den Erzählungen der Erwachsenen nach unter dem Bett, griff ungehorsamen Kindern an die Füße, packte sie und zog sie in seinen Unterschlupf. Das erzählte mir jedenfalls meine Oma, wenn sie versuchte, mich, ein nimmermüdes Kind, ins Bett zu bringen. Die Angst zwang mich dazu, sofort mit Anlauf aufs Bett zu springen, sobald im Schlafzimmer das Licht ausgemacht wurde. Der Gedanke daran, dass Babajka unter dem Bett sitzt und nur darauf lauert, mir an die Fersen zu packen, sorgte bei Weitem nicht dafür, mich zu beruhigen, sondern ließ mich vielmehr vor Angst erschaudern. Selbst im Erwachsenenalter ertappte ich mich lachend dabei, wie ich jedes Mal unbewusste Ängste durchlaufe, wenn ich mich im Dunkeln einem Bett nähere. Darum entschied ich mich, mit dieser Angst zu arbeiten, als mir der weise Rat meiner Großmutter einfiel. Sie sagte immer: »Wann immer du Angst vor einer unbekannten dunklen Macht hast, mache ihr ein Geschenk mit Respekt und Güte.« Also habe ich Brötchen gebacken, Marmelade draufgeschmiert, habe den Tisch gedeckt und Babajka zum Teetrinken eingeladen. Seither sind Babajka und ich gute Freunde. Er hilft mir dabei, verlorene Hausgegenstände wiederzufinden und reist mit mir als mein Schutzbegleiter.

Бабайка

В детстве, которое я провела в Советском Союзе, многие дети, в том числе и я, боялись Бабайку. Это уродливый старец, родом из славянской мифологии, по рассказам взрослых, проживал под кроватью, хватал за ноги непослушных детей и утаскивал их в своё логово. Так рассказывала мне моя бабушка перед сном, пытаясь уложить меня, неугомонную, в постель. Этот страх заставлял меня запрыгивать с разбегу в кровать, если в спальной комнате был выключен свет. Мысль о том, что Бабайка сидит под кроватью и только и ждёт, как бы схватить меня за пятки, отнюдь не только не успокаивала меня, но и заставляла дрожать от ужаса. Будучи взрослой, я часто со смехом ловила себя на том, что всякий раз испытываю неосознанное чувства страха и вспоминаю о Бабайке, подходя в темноте к кровати. Поэтому я решила поработать со своим страхом, вспомнив мудрый совет своей бабушки. Она говорила: «Если ты боишься какой-либо неведомой силы, сделай ей подарок с уважением и добром». Я напекла булочек с мармеладом, накрыла стол и пригласила Бабайку на чаепитие. С тех пор мы с Бабайкой друзья. Он помогает мне найти пропавшие вещи в доме и путешествует со мной в качестве духа-охранника.

Elena Pagel (Russland) wurde in der sibirischen Stadt Novokuznezk geboren. Sie hat in Barnaul, Hauptstadt der Altai Region, gelebt. Von 1981 bis 1985 studierte sie am Abramtsewoer Kunst-Industrie-Kolleg »Wasnezow« in der Fachrichtung Kunstkeramik als Kunstmalerin/Lehrausbilderin. Seit 1999 lebt sie in Dresden. Seit 2008 ist sie freischaffende Künstlerin, Fotografin, Filmmacherin und Kuratorin. Sie hat ein Keramikatelier im Stadtteilhaus Äußere Neustadt e.V. Seit 2006 engagiert sie sich in zahlreichen internationalen und lokalen Kunstprojekten, Kursen und Workshops mit Migrantinnen und Migranten, Kindern und Jugendlichen. Ihre Freizeit verbringt sie gerne mit Weiterbildungskursen in Animation und Motion Design, Wandern und Yoga.

Illustriert von Ines Hofmann

AB INS BETT, ELENA!

JA, MAMA!

ALS KIND HATTE ICH IMMER ANGST VORM SCHLAFENGEHEN. DENN UNTER MEINEM BETT, DA LAUERTE BABAJKA.

OMA HATTE MIR DIE GESCHICHTE ERZÄHLT...

WENN KINDER NICHT BRAV INS BETT GEHEN UND SCHNELL SCHLAFEN, HOLT SIE BABAJKA.

ANGST

UND JETZT LICHT AUS!

OI!

SCHLAF GUT!

BABAJKA IST EINE GRUSELGESTALT AUS DER SLAWISCHEN MYTHOLOGIE

AAH!

TAP TAP

JEDEN ABEND DASSELBE

DENK POSITIV, ELENA!

OMA WUSSTE RAT.

SEITHER IST BABAJKA MEIN SCHUTZGEIST, DER MICH ÜBERALL BEGLEITET.

...UND DIE ANGST?

ICH WILL KEINE ANGST MEHR HABEN

WAS TUN?

HEJ, BABAJKA! LASS UNS DOCH EINFACH FREUNDE SEIN! SCHAU, ICH LADE DICH ZU TEE UND MARMELADEN-BRÖTCHEN EIN!

WEG!

Sommer bei Oma

In den Sommerferien waren meine Schwester und ich jedes Jahr bei den Großeltern. Sie hatten einen Bungalow mit einem großen Garten zum Spielen, rings herum war viel Natur. Ein wirkliches Paradies für uns beide. Im Garten gab es Beerensträucher, von deren Früchten wir nach Lust und Laune naschen konnten. Auch waren wir umgeben von wunderschönen Birken. Die Blätter raschelten so wundervoll im Wind. Darunter gab es einen Sandkasten, eine Schaukel und eine große Grünfläche, auf der wir alle möglichen Ballspiele ausprobieren durften. Es war so viel schöner als bei den Eltern.

Eines Tages kamen die Eltern um die Ecke gebogen – meine Schwester und ich waren schockiert. Oh nein! Ich fragte meine Oma ganz ernsthaft und ängstlich: »Oma, ist der Sommer denn schon vorbei?!« Meine Schwester und ich rissen unsere Augen auf und machten ängstliche Gesichter. Sie lachte und sagte: »Nein, deine Eltern sind nur zu Kaffee und Kuchen gekommen und reisen heute Abend wieder ab.« Meine Schwester und ich entspannten uns wieder und waren überaus froh, dass der Sommer noch nicht zu Ende war.

Katharina Schmidt (Deutschland) wurde 1984 in Zwickau geboren. In der Vergangenheit absolvierte sie eine Ausbildung zur Kraftfahrzeugmechanikerin, arbeitete später als Teilevertriebsleiterin und orientierte sich beruflich um. Aktuell ist sie in einer Ausbildung zur Arbeitserzieherin. Ihre Hobbys sind Wandern, Fahrradfahren, Reisen, Lesen, Kanufahren, Skaten und Motorradfahren. Außerdem interessiert sie sich für Natur, gutes Essen und Kochen sowie für Kunst und Kultur. Ferner verbringt sie gerne Zeit mit ihrer Familie und ihren Freunden. Die Liebe zur Stadt und zu einer Frau führte sie vor neun Jahren nach Dresden.

Illustriert von Yini Tao

"Hallo kinder!"

"Was? Wir sollen nach Hause?"

梦
故里

"Oma! ich liebe dich!"

Der Feuergeist Eckeneckepenn

Als es in dem Projekt »Frauen als Wandelsterne« um das Thema Kinderängste ging, war sofort klar, dass es bei mir nur einen geben kann – den Feuergeist Eckeneckepenn aus dem Kunstmärchen »Die Regentrude« von Theodor Storm. Oder genauer, aus der gleichnamigen DEFA-Verfilmung von 1976, die ich als Kind auf dem häuslichen Schwarz-Weiß-Fernseher sah. Weder davor noch danach hat mich etwas so verängstigt wie diese kleine Märchengestalt, die von Kopf bis Fuß aus zackigen Fetzen in verschiedenen Grautönen bestand. Einige Jahre später sah ich den Film noch einmal, diesmal in Farbe. Ich war verblüfft über die Verwandlung des Feuergeistes, der in Orange, Rot und Gelb vom Bildschirm leuchtete und für mich all seinen Schrecken verloren hatte. Vielleicht kommt es daher, dass es mir in meiner späteren beruflichen Tätigkeit immer ein besonderes Anliegen war, statt der zerstörerischen die schöne und lebendige Seite des Feuers zu zeigen. Die Liebe zu diesem Element und die Faszination, wunderbare Bilder damit zu erschaffen, ist bis heute ein sehr wichtiger leuchtend roter Faden in meinem Leben.

Uta Rolland (Deutschland) wurde 1971 in Dresden geboren, wuchs in Meißen auf und studierte Kulturwissenschaft und Kunstgeschichte in Leipzig. Sie ist seit über 20 Jahren im Bereich Veranstaltungs- und Projektmanagement selbstständig. Seit 2013 lebt sie in Dresden. Ausgehend von der Auseinandersetzung mit der eigenen Familiengeschichte, entwickelt sie seit 2017 die biografische Arbeit in Text und Bild zu einem neuen Tätigkeitsfeld. Die Malerei ist eine Kindheitsliebe, die in der Wendezeit fast zu einem Kunststudium geführt hätte und 2019 durch das Projekt »Frauen als Wandelsterne« neu belebt und intensiviert wurde.

Illustriert von Uta Rolland selbst (Comic-Kurs-Teilnehmerin)

DER FEUERGEIST ECKENECKEPENN

Als ich krank war, durfte ich einmal ganz allein ein Märchen gucken...

DIE REGENTRUDE © DEFA 1976

In dem Märchen gab es einen Feuergeist!!!

ODER

Der schreckliche Eckeneckepenn wachte mit Angst und lauerte mir überall auf, sogar wenn ich auf Toilette gehen wollte! Einmal fürchtete ich mich so sehr und so lange, dass es am Ende...

BERUFSWAHL IM WANDEL DER TECHNIK

...zu spät war...

Doch ich wurde größer. Eines Tages gab es einen neuen Guckkasten, und plötzlich sah alles ganz anders aus...

...und etwas später...

Die vier Elemente

Als ich Kind war, zogen meine Mutter und ich oft um. Der letzte Umzug führte uns schließlich nach Dresden. Ich war neun Jahre alt und ging in die vierte Klasse. Irgendwann freundete ich mich mit zwei Jungen meiner Klasse an. Wir waren die Außenseiter. Wahrscheinlich, weil wir zu »verrückt« für die anderen waren. Unsere Fantasie ließ uns zu Wächtern der Elemente werden: Feuer, Wasser, Erde und Luft wurden von besonderen Personen beherrscht. Ich war die Wächterin des Feuers, meine Freunde beherrschten Wasser und Sturm. Gemeinsam erlebten wir die tollsten Abenteuer. Das größte sollte eine Wanderung durch einen »Bachtunnel« werden. Ich packte Taschenlampe, Kompass, Pfefferspray, Zettel, Stifte, Trinken, Essen und Verbandszeug in meinen Rucksack. Wir trafen uns zur vorher ausgemachten Zeit, klärten die Situation, checkten die Ressourcen und liefen entlang des Bachs zum Tunnel. Nur wenige Schritte trennten uns vom unheimlichen Dunkel. Tief durchgeatmet, noch einmal kurz klargemacht, wie bedeutend man ist, dann wagten wir uns hinein. An den Wänden leuchteten Kritzeleien in meinem Taschenlampenlicht auf. Auf dem Boden und auf den Pflastersteinen am Rand des Bachs lag Laub. Wenige Meter hatten wir zurückgelegt, als wir der schrecklichsten Gestalt meiner Kindheit begegneten. Wie eine Leiche sah sie aus, groß wie eine Frau, eingepackt in Müllsäcke. Wir waren vor Schock erstarrt, drehten auf den Fersen um und rannten, so schnell wir konnten, davon.

Ab diesem Tag fühlten wir uns nicht mehr so mächtig. Wir sprachen nicht über unsere Entdeckung und trafen uns auch nicht mehr. Wenige Wochen später, als wir die vierte Klasse geschafft hatten, redete ich mit anderen Kindern darüber. Sie glaubten meine Geschichte nicht und wollten sich selbst überzeugen. Also machten wir uns auf den Weg, am Bach entlang zum Tunnel. Ein mutiges Mädchen lief voran. Wir kamen bei der vermeintlichen Leiche an. Das Mädchen ging nah an sie heran, trat dagegen und entfernte ein Stück Folie. Es stellte sich heraus, dass die »Leiche« aus einer eingepackten Palme und Müll bestand. Die anderen lachten. Ich war ziemlich beschämt, aber trotzdem erleichtert.

Julia Giese (Deutschland) wurde 1998 geboren. Ursprünglich aus Langwege, ein Dorf in Niedersachsen, lebt sie seit 2009 in Dresden. Früher hat sie als Sozialassistentin gearbeitet. Derzeit macht sie ihr Abitur, um Kunsttherapie zu studieren. Damit möchte sie später in einer Psychiatrie arbeiten. Ihre Hobbys sind Malerei, Zeichnen, Modellieren, Gesang, Tanz, Wandern, Sport und Kochen. Neben der Schule engagiert sie sich bei sozialen Projekten wie Gesangsunterricht, Kreativkursen und Kinderbetreuuung in Ferienlagern. Außerdem steht sie gern als Solistin auf der Bühne.

Illustriert von Anne Rosinski

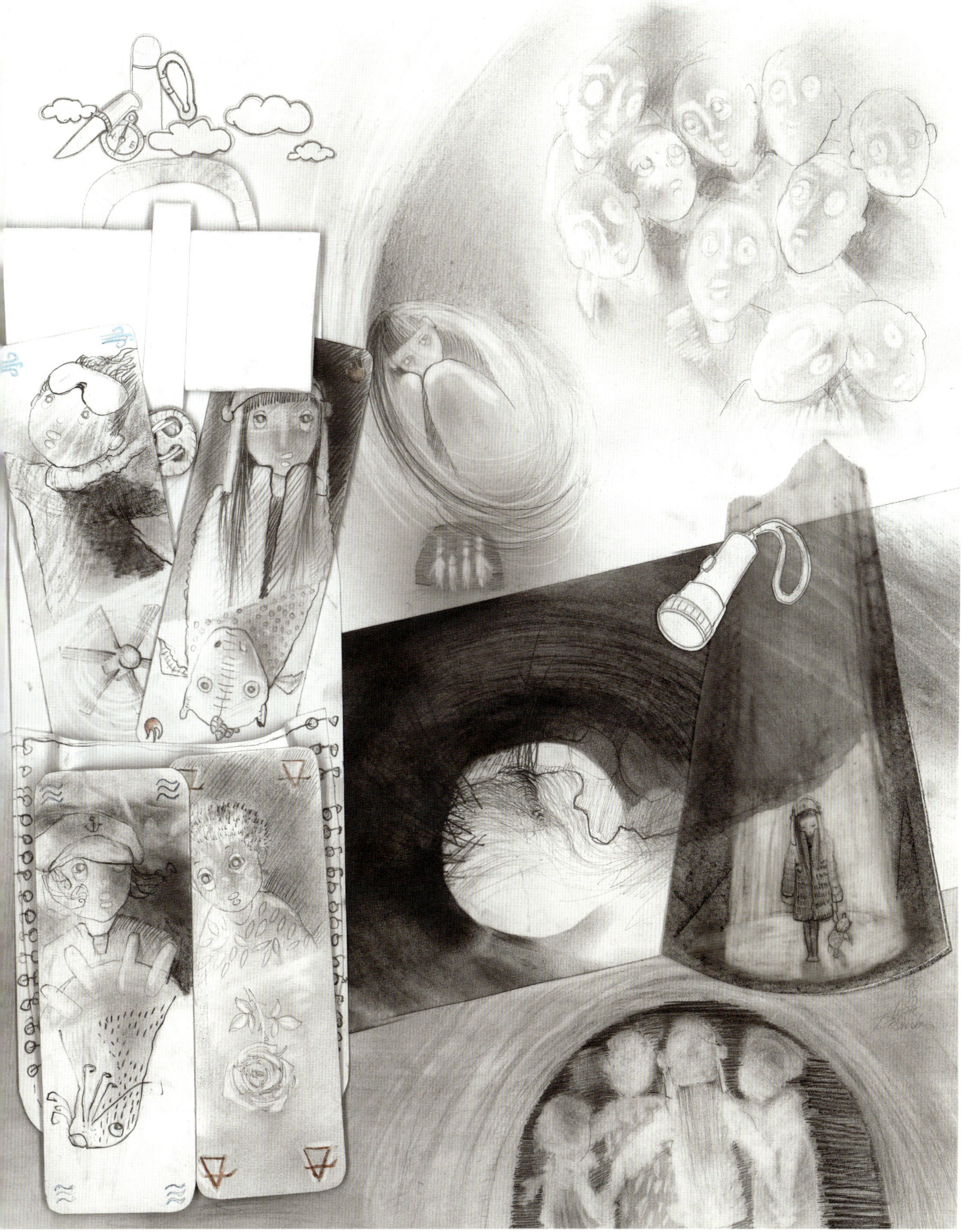

Kriegsgeschehen fern der Front

Zwischen Wiesen, Bergen und Wald sieht alles so friedlich aus, aber der Krieg flog über uns. Der friedliche Ort hatte eine dunkle Seite: einen Eisenbahntunnel. In diesem Tunnel wurden Kriegsgeräte hergestellt. Die Alliierten hatten das ausgekundschaftet und probiert, diesem Spuk ein Ende zu machen. Den Tunnel haben sie nicht getroffen, aber die nahen Häuser wurden zu Ruinen.

Unsere Mutter und noch andere Frauen fragten eine befreundete Dame, als sie diese nach langer Zeit wiedertrafen: »Wie geht es denn Ihrer kleinen Tochter?« Die Bekannte brach in Tränen aus und erzählte: »Eine Mine hat uns getroffen. Ich hatte nur noch ihr Händchen in der Hand.«

Nach dieser erschütternden Erzählung ließ unsere Mutter uns viel durchgehen. Wir durften mit silbernen Löffeln im Sand buddeln. Das Leben konnte kurz sein.

Krieg ist in jeder Hinsicht ein Verbrechen.

Uta Grahn–Jentsch (Deutschland) wurde 1941 in Friedrichroda, Thüringen, geboren. Von 1958 bis 1961 studierte sie an der Fachhochschule für Gartenbau in Erfurt und machte dort ihren Abschluss als Ingenieurin für Gartenbau mit Diplom. Seit 1967 lebt sie in Dresden. Schon seit 1929 leitet die Familie Jentsch im Stadtteil Strehlen eine Staudengärtnerei als Familienunternehmen. Ihre Hobbys sind Schreiben, Lesen, Pflanzen und Eisbaden.

Illustriert von Susanne Schrader

Alles sah so friedlich aus, aber der Krieg flog hin.

„Ich hatte nur noch ihr Händchen in der Hand."

Die Eselsangst

Als ich ein Kind war, reiste ich eines Sommers mit meiner Familie nach Täbris. An einem Tag besuchten wir Bekannte in ihrem Garten. Sie hatten einen Esel, mit dem sie sich im Gebirge einfacher fortbewegen konnten. Meine Schwester und ich wollten gern auf ihm reiten. Unser Vater und der Bekannte halfen uns dabei. Unterwegs sah der Esel ein totes Schaf und dachte vielleicht, ein Wolf sei in der Nähe, jedenfalls wurde er verrückt und fing an, zu bocken und zu galoppieren. Die beiden Männer versuchten, ihn festzuhalten und zu stoppen, aber der Esel warf uns auf einem Kuhmisthaufen ab. Seitdem verspüre ich Stress, sobald ich einen Esel reiten soll.

ترس از الاغ

وقتی هشت سالم بود، در تعطیلات تابستان به‌همراه خانواده‌ام به خانهٔ یکی از فامیل‌های پدرم در شهر زیبای تبریز سفر کردیم.

یک روز من و خواهر کوچکم از پدرم خواستیم که ما را سوار الاغ فامیلش کند و به جنگل‌گردی برویم. در بین راه، گوسفند مرده‌ای روی زمین افتاده بود و الاغ با دیدن آن فکر کرد که شاید گرگی آن دوروبرها باشد. به‌همین خاطر الاغ به‌شدت ترسید و رم کرد! الاغ دیوانه چنان می‌دوید که پدرم که طناب او را در دست داشت به‌سختی می‌توانست کنترلش کند. من و خواهرم که از زنده ماندن ناامید شده بودیم فقط جیغ می‌کشیدیم. خوشبختانه یا شاید هم متأسفانه با تلاش‌های پدرم، الاغ ناگهان توقف کرد و ما را روی کوهی از کود پرتاب کرد! نرم بود و بدبو اما بهتر از آسیب‌دیدن بود!

از آن روز به‌بعد ترس عجیبی از الاغ‌سواری دارم، با اینکه الاغ‌ها خیلی بانمک هستند.

Mahsa Alizadeh (Iran) wurde 1992 in Teheran geboren. Sie wohnt seit 2015 in Deutschland. Nach ihrem Abitur hat sie einen Zeichenkurs besucht. Sie arbeitet zurzeit in Dresden als zahnmedizinische Fachangestellte. Ihre Hobbys sind Sport, Malen, Tanzen und Lesen.

Illustriert von Annij Zielke

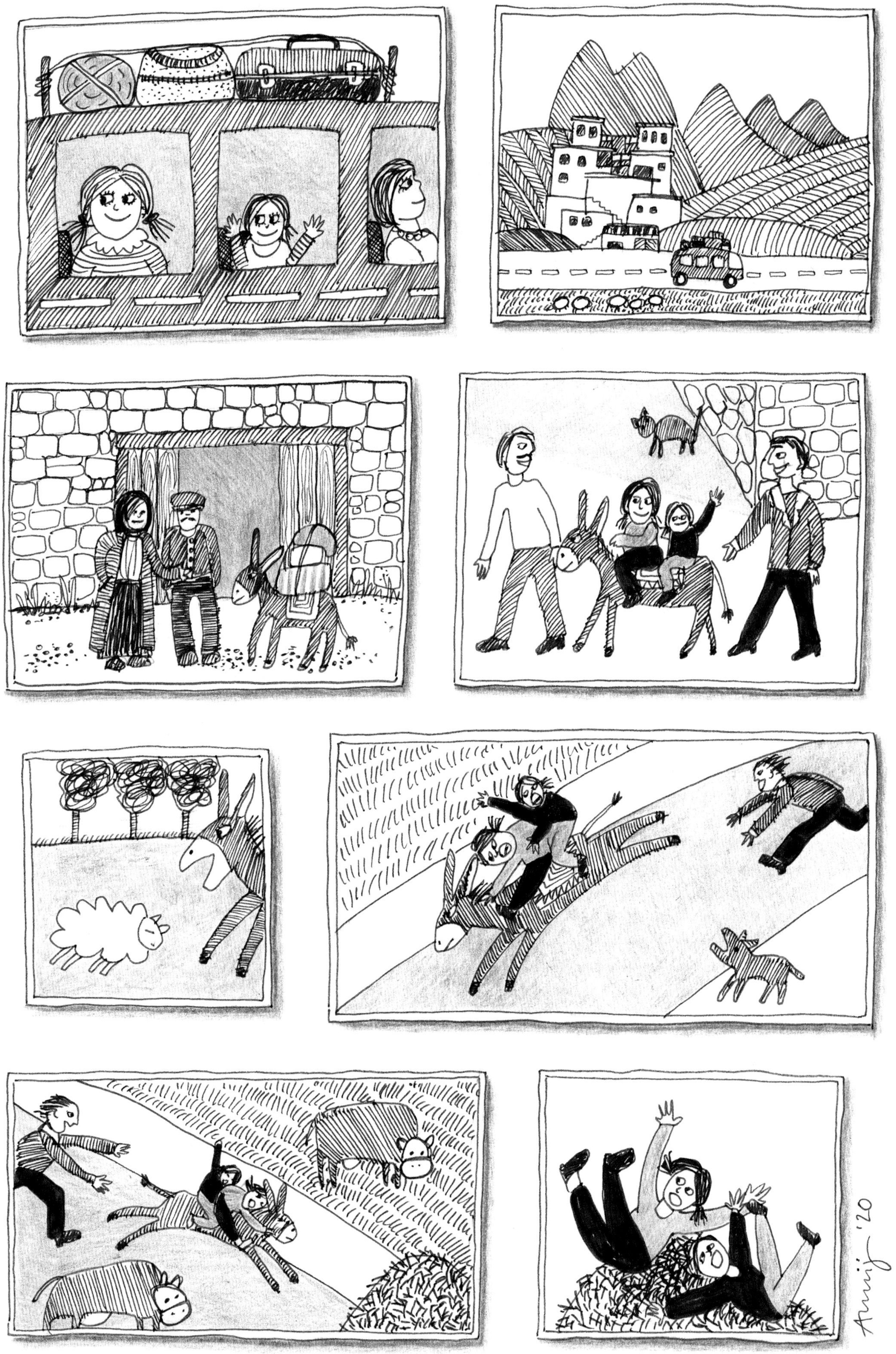

Die Lücke

Als ich noch ein Kind war, war meine größte Furcht die Lücke zwischen der Wand und meinem Bett. Dort sanken die seltsamen Geräusche des Heizkörpers in tiefe Dunkelheit ab. Nachts traute ich mich auch nicht, mich auf die Seite zu drehen. Eines Tages habe ich eine Entdeckung gemacht: Unter dem Bett lag ein dünner, schöner grüner Buntstift. Dann bin ich unter dem Bett bis zum Buntstift und weiter bis zur Lücke gekrochen, die mir nicht mehr Angst gemacht hat, sondern mein Lieblingsversteck zum Malen und Träumen wurde!

La brecha

Cuando era una niña todavía, mi mayor temor era el hueco que había entre la pared y mi cama. Allí se sumergían los extraños ruidos del radiador en una profunda oscuridad. Por la noche, tampoco me atrevía a girarme hacia ese lado. Un día hice un descubrimiento: allí, debajo de la cama, reposaba un fino lapicero de un hermoso color verde. Entonces me metí por debajo de la cama hasta él y seguí hasta el agujero, que ya no me causaba ningún temor, sino que se acababa de convertir en mi escondite favorito, ¡para pintar y soñar!

Ella P. (Spanien) wurde bei Navarra geboren. Sie studierte Architektur und malt gerne in ihrer Freizeit. Seit 2016 wohnt sie in Deutschland. Seit 2019 nimmt sie an den Projekten »Frauen als Wandelsterne« und »LebensBILD. bioGrafische Begegnungen« teil. Ihre Hobbys sind im Architekturbüro arbeiten, Pflanzen, Sprachen und Malen.

Illustriert von Ella P. selbst (Comic-Kurs-Teilnehmerin)

> ALS ICH EIN KIND WAR, WAR ES FÜR MICH AM SCHRECKLISTEN, DIE LÜCKE ZWISCHEN DEM HEIZKÖRPER UND MEINEM BETT ZUSEHEN...

> AN EINEM TAG HABE ICH EINEN VERGESSENEN BUNTSTIFT UNTER DEM BETT GEFUNDEN...

> ... UND SEITDEM WAR DIE LÜCKE MEIN LIEBLINGSVERSTECK!

مقالب الطفولة

Birichinate d'infanzia

Travesuras de infancia

Kindheits-streiche

شیطنت‌های کودکی

Детские проказы

Farces d'enfants

Fasching zur Silvesternacht

Unsere Familie, die in Sibirien lebte, war einmal bei Freunden zu einer großen Silvesterfeier eingeladen. Von insgesamt fast 30 Personen waren der achtjährige Andrej und ich, zehn Jahre alt, die einzigen Kinder. Silvester in der UdSSR war immer ein recht lustiges Fest, weil man es wie Fasching feierte. Ich kann mich an die fantastischsten Verkleidungen erinnern. Ich verkleidete mich als Rotkäppchen, Andrej trug ein Matrosenkostüm. Auch die Erwachsenen hatten sich Kostüme zahlreicher Märchenfiguren zusammengebastelt: Malwina, der gestiefelte Kater, Väterchen Frost, Baba Jaga und viele mehr … Der festlich gedeckte Tisch bog sich förmlich unter all den herrlichen Festspeisen. Bald wurde gezecht, gesungen und laut gelacht. Nur uns Kindern wurde immer langweiliger, sodass wir irgendwann beschlossen, auf den Balkon zu gehen. Und dort entdeckten wir dann die Zündhölzer und alten Zeitungen! Wir machten also ein kleines Lagerfeuer. Kurz darauf sahen wir einen großen Feuerwehrwagen um die Ecke schießen. Zwei Feuerwehrleute sprangen heraus und eilten ins Treppenhaus. Schnell deckten wir die Lagerfeuerstelle mit Schnee zu, huschten zurück in die Wohnung und versteckten uns unter dem Tisch.

Als es klingelte, wankte der betrunkene Kater zur Wohnungstür und öffnete. Dort standen zu aller Überraschung zwei Feuerwehrleute mit einem Schlauch in der Hand. »WOW! Sascha und Pascha!«, schrie der gestiefelte Kater laut. »Jungs! Was habt ihr euch für tolle Faschingskostüme für uns ausgedacht!« Doch die Feuerwehrleute blieben stockernst und verkündeten zu aller Erstaunen: »Auf Ihrem Balkon brennt es lichterloh, wie Ihre Nachbarn meldeten!« Auf dem Balkon aber brannte rein gar nichts. Der sibirische Schneefall hatte eingesetzt und alle Spuren beseitigt. Mitternacht war vorüber und Silvestergeschosse durchkreuzten den grauen Schneehimmel, als die zwei Männer sich nach einem Gläschen Sekt mit großzügigen Esspaketen in die Nacht verabschiedeten. Und so hatte das neue Jahr doch für alle ganz wundervoll begonnen.

Карнавал в новогоднюю ночь

Наша семья, а мы жили в Сибири, встречала однажды Новый Год в большой дружеской компании. Среди 30 гостей из детей были только я (10 лет) и мальчик Андрей (8 лет). Новый Год в советские времена был по-настоящему весёлым праздником: люди иногда устраивали карнавалы и сами шили себе костюмы. Я до сих пор не могу забыть те фантастические наряды сказочных героев, которые смастерили взрослые в тот год себе и нам, детям: Мальвина, Кот в Сапогах, Дед Мороз, Баба Яга и многие другие. Я была переодета Красной Шапочкой, Андрей - матросом. Праздничный стол ломился от закусок и деликатесов. Гости пировали, пели и громко смеялись. Нам стало скучно. Мы отправились на балкон. Там обнаружился коробок спичек и кипа старых газет... и загорелся маленький костёрок. Вскоре к дому подъехала пожарная машина. Оттуда выскочили два пожарника и побежали к нашему подъезду. Мы быстро засыпали костёр снегом, забежали в комнату и спрятались под стол. В дверь позвонили. Пьяный Кот в Сапогах открыл дверь. За порогом в темноте стояли два пожарных со шлангом в руках. «Вот это да! Паша и Саша!» - закричал Кот. «Парни, у вас крутые карнавальные костюмы!» - полез он к ним обниматься. Два пожарника серьёзно посмотрели на разнаряженную компанию, объявив ко всеобщему изумлению: «У вас горит балкон! Ваши соседи пожарную вызвали». К счастью, на балконе ничего не горело. За окном начался сильный снегопад, и все следы костровища замело. Часы пробили полночь, заснеженное серое небо прорезали огни фейерверков. А пожарникам, на прощание, запаковали салаты и бутылку шампанского в подарок. Так, замечательно для всех, наступил Новый год.

Elena Pagel (Russland) wurde in der sibirischen Stadt Novokuznezk geboren. Sie hat in Barnaul, Hauptstadt der Altai Region, gelebt. Von 1981 bis 1985 studierte sie am Abramtsewoer Kunst-Industrie-Kolleg »Wasnezow« in der Fachrichtung Kunstkeramik als Kunstmalerin/Lehrausbilderin. Seit 1999 lebt sie in Dresden. Seit 2008 ist sie freischaffende Künstlerin, Fotografin, Filmmacherin und Kuratorin. Sie hat ein Keramikatelier im Stadtteilhaus Äußere Neustadt e.V. Seit 2006 engagiert sie sich in zahlreichen internationalen und lokalen Kunstprojekten, Kursen und Workshops mit Migrantinnen und Migranten, Kindern und Jugendlichen. Ihre Freizeit verbringt sie gerne mit Weiterbildungskursen in Animation und Motion Design, Wandern und Yoga.

Illustriert von Ines Hofmann

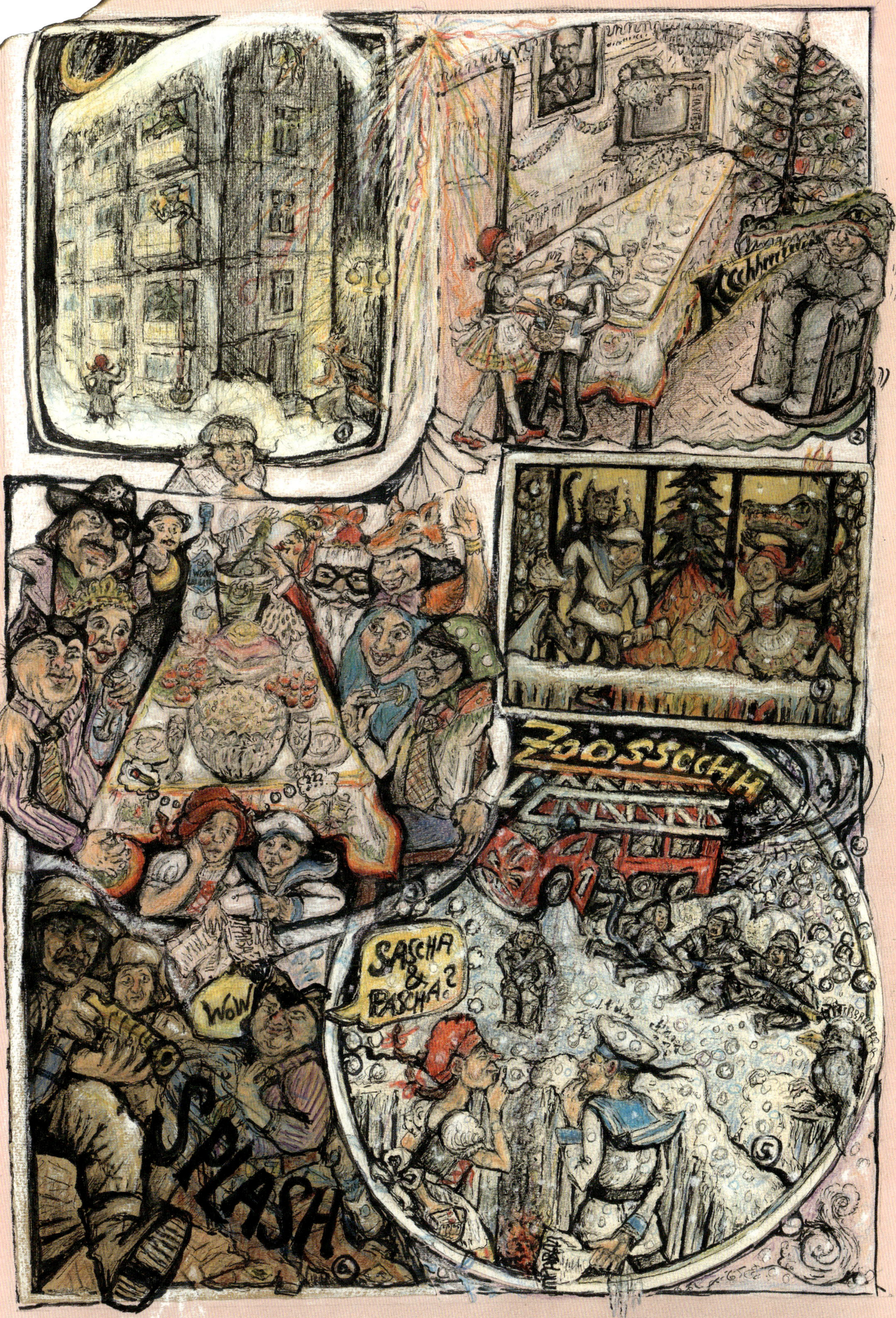
Kcchhrr
ZOOSSCCHH
SASCHA & PASCHA?
WOW
SPLASH

Tschüss Jugendzeit!

Wir waren gerade 18 geworden. Wir waren im Abiturjahr. Nach und nach mussten wir uns von der Welt der Kindheit verabschieden und uns wie langweilige Erwachsene benehmen. Diese Veränderungen gefielen mir nicht. Es schien mir aber, als ob meine Freunde die neuen Bedingungen akzeptiert hätten. Ich war immer noch auf der Suche nach einem Ausweg.
Mit ein paar Freunden gingen wir den Weg nach der Schule zusammen nach Hause. Ein Stück des Wegs war sehr steil. An einem heißen Junitag erreichten wir den üblichen atemberaubenden und langweiligen Aufstieg. Meine Freunde sprachen über Unterricht und Prüfungen, und plötzlich fiel mir einen Streich ein! Ich lief ein wenig schneller und klingelte an einem Haus, dann rief ich: »Leute, wenn wir nicht weglaufen, bekommen wir Ärger!« Die Kinder, alle von der Hitze überwältigt, grunzten, als sie versuchten, bergauf zu fliehen. Gleichzeitig öffnete der Hausbesitzer die Tür und fragte wütend: »Wer hat an meiner Tür geklingelt?« Zur gleichen Zeit rannten die Kinder. Der nette Herr stellte fest, dass es einer von uns gewesen sein musste. Er tadelte uns ein wenig und schloss die Tür. Derzeit stand ich weit genug entfernt und beobachtete alles aus der Ferne. Mir war klar, dass meine Freunde sich beschweren würden und mich darum bitten würden, so etwas nie wieder zu tun. Aber natürlich werde ich es wieder tun, dachte ich mir! Ich hörte die Kinder etwa zehn Minuten lang meckern und nörgeln. Langsam wechselten wir das Thema und unterhielten uns wieder über die Prüfungen. In genau dem Moment dachte ich mir: »Jetzt ist die Zeit für meinen nächsten Plan.« Ich lief ein wenig schneller, klingelte an der nächsten Haustür und rief: »Kinder, ich hab's wieder getan, lauft weg!!«

خداحافظ نوجوانی

هجده‌ساله شده بودیم و دیگر باید با دنیای کودکی خداحافظی می‌کردیم و مثل بزرگسال‌های کسل‌کننده رفتار می‌کردیم. دیگر نمی‌توانستیم بستنی قیفی را با جان و دل لیس بزنیم، یا با صدای بلند بخندیم. از این تغییرات خوشم نمی‌آمد و نمی‌خواستم خودم را درگیر قیدوبندهای الکی کنم. اما گویی دوستانم شرایط جدیدشان را پذیرفته بودند یا مجبور بودند بپذیرند؛ ولی من همیشه به‌دنبال راه فرار بودم و انگار می‌خواستم به همه بگویم: «هی! ما هنوز همون آدمیم». سال آخر دبیرستان بودیم. مدرسهٔ ما جایی نزدیک مرکز شهر بود. همیشه بعد از مدرسه با چند نفر از دوستانم که خانه‌شان نزدیک مدرسه بود، پیاده می‌رفتیم. بخشی از مسیر، سربالایی تند و پرشیبی بود. یک روز گرم خردادماه که مثل همیشه به خانه می‌رفتیم، بعد از ده دقیقه پیاده‌روی، به سربالایی نفس‌گیر و خسته‌کنندهٔ همیشگی رسیدیم. همان‌طور که دوستانم درمورد درس و امتحان حرف می‌زدند، ناگهان فکری به‌خاطرم رسید! قدم‌هایم را سریع‌تر کردم و زنگ یکی از خانه‌ها را زدم، بعد داد زدم: «بچه‌ها من زنگ این خونه رو زدم و فرار کردم، اگه شما فرار نکنین به دردسر میوفتین». بچه‌ها که از گرمای هوا و سربالایی نفس‌شان بریده بود، غرغرکنان سعی کردند از دردسر فرار کنند. در همین گیرودار صاحب‌خانه در را باز کرد و چون دید که کسی پشت در نیست با عصبانیت پرسید: «کی زنگ در خونهٔ منو زد؟». هم‌زمان بچه‌ها داشتند می‌دویدند که مرد خوش‌قلب صاحب‌خانه فهمید کار یکی از ما بوده است؛ با مهربانی کمی سرزنش‌مان کرد و در را بست. من به‌اندازهٔ کافی از صحنه فاصله گرفته بودم، ماجرا را از دور دنبال می‌کردم. با خودم گفتم حتماً دوستانم با اعتراض از من خواهند خواست که دیگر از این کارها نکنم، اما معلوم بود که من دست‌بردار نبودم!! ده دقیقه‌ای غرولند و سرزنش دوستانم را شنیدیم. کم‌کم داشت یادشان می‌رفت که نقشهٔ دومم را اجرا کردم. قدم‌هایم را سریع‌تر کردم و زنگ خانهٔ بعدی را زدم و داد زدم: «بچه‌ها فرار»!! در همین لحظه صاحب‌خانه که احتمالاً از سر کار برمی‌گشت، با ماشینش سر رسید. فوراً فهمید ماجرا از چه قرار است و با عصبانیت شروع کرد به دعوا کردن و ما هرکدام به‌سمتی پا به فرار گذاشتیم!

Shima Zenouri (Iran) wurde in Sanandaj geboren. Sie studierte Mikrobiologie und hat immer davon geträumt, die Welt zu sehen. Derzeit ist sie mit ihrer Masterarbeit in Biologie, die sie an einem Hirnforschungsinstitut macht, beschäftigt. Sie lebt seit 2016 in Deutschland und hat 2017 mit ihrem Masterstudium im Fach Biologie an der TU Dresden angefangen. Von 2016 bis 2020 engagierte sie sich als Dolmetscherin für Migranten. Sie reist sehr gern und genießt ihre Zeit beim Lesen und Wandern.

Illustriert von Luisa Stenzel

KLINGELSTREICHE

erzählt von Shima Zenouri
aufgezeichnet von Luisa Stenzel

Die Stadt, in der ich aufgewachsen bin, ist sehr bergig.

Nach der Schule bin ich mit meinen Freundinnen zu Fuß nach Hause gegangen.

"Ich geh' mal ein Stück vor..."

Eigentlich war ich zu alt für Klingelstreiche...

"SHIIIMA! NEIIN!" "ACHTUNG!! Ich klingel!"

Aber ich fand es zu lustig, die anderen zum Laufen zu bringen.

Und bei dieser Steigung war weglaufen fast unmöglich...

"HABT IHR HIER GERADE GEKLINGELT?"

"...ääää hää äm... also... das war ein Klingelstreich..."

"Ach, ihr lustigen Scherzkekse!"

"HEY, DU DA! Willst du etwa zu meinem Sohn? WAS hast du mit MEINEM SOHN zu schaffen!?!!"

Einmal wurde ich erwischt – aber anders als gedacht.

"Nichts wie weg!"

Die alte Dame war stinksauer. Wahrscheinlich dachte sie, wenn Mädchen in dem Alter klingeln, das kann nur Ärger bedeuten...

Die falsche Farbe

Mein Vater hatte ein schönes weißes Auto gekauft. Ich sah es und dachte: »Was für eine hässliche Farbe!« Im Zimmer war ein Eimer mit schwarzer Farbe, und ich habe einen Pinsel genommen und das Auto mit schwarzer Farbe angestrichen. Als mein Vater nach Hause kam, war er so wütend, dass er ungefähr fünf Tage lang getobt hat. Er hat mich nicht geschlagen, aber zur Strafe ins Badezimmer eingeschlossen. Aus Protest habe ich dort überall das Wasser aufgedreht und alle Sachen durcheinandergeworfen. Daraufhin wurde ich wieder herausgelassen und habe eine andere Strafe bekommen: Ich musste tagelang ein Heft mit englischen Texten füllen. Seitdem kann ich richtig gut Englisch schreiben, und alle sagen mir, dass ich die Sprache sehr gut beherrsche. Das ist jetzt 20 Jahre her – ich war damals acht Jahre alt.

رنگ عوضی

پدرم یک ماشین سفید زیبا خریده بود. همین‌که چشم من به آن افتاد با خودم گفتم: «چه رنگ زشتی»! یک سطل رنگ سیاه در اتاق بود و من هم یک قلم مو برداشتم و ماشین را به رنگ دلخواهم درآوردم. وقتی پدرم به خانه آمد، آنقدر عصبانی شد که تا پنج روز در شوک بود. من کتک نخوردم اما به‌عنوان تنبیه در حمام حبس شدم. آنجا به‌نشانهٔ اعتراض، همه‌جا آب پاشیدم و همهٔ وسایل را به این طرف و آن طرف پرت کردم. مرا از حمام بیرون آوردند و مجازات دیگری برایم در نظر گرفتند. این‌بار من مجبور بودم هر روز یک دفتر را با تمرین انگلیسی پر کنم.

از آن زمان نگارش انگلیسی من بسیار خوب شده است و همه به من می‌گویند که تسلط خوبی بر این زبان دارم. اکنون از آن ماجرا بیست سال می‌گذرد و من آن موقع هشت‌ساله بودم.

Leila Seied, die Autorin dieser Geschichte, stammt aus Afghanistan. Mahsa Alizadeh, die Illustratorin dieses Comic-Bildes, stammt aus dem Iran. In diesen zwei Ländern werden Texte von rechts nach links geschrieben und gelesen. Der Lesefluss des Bildes ist hier daher auch von rechts nach links ausgelegt. Wagen Sie das Experiment!

Leila Seied (Afghanistan) wurde vor circa 30 Jahren in Herat geboren. Sie ist 2017 nach Dresden geflüchtet. Hier lernt sie Deutsch. Sie hat eine Tochter.

Illustriert von Mahsa Alizadeh

WIE SCHÖN!
PAPA WIRD SICH BESTIMMT SEHR FREUEN
WIR HABEN SCHWARZE FARBE ZU HAUSE
DIE FARBE GEFÄLLT MIR ABER NICHT!
OH MEIN GOTT! TRÄUME ICH ???
WC
DU MUSST 100 SEITEN ENGLISCHAUF-GABEN SCHREIBEN!
ENTSCHULDIGUNG ABER ICH WILL RAUS...

Kater Peter, der Leibhaftige

Wir, meine beste Freundin Richtex und ich, spielten total gern »Mutter – Vater – Kind«. Dazu zogen wir uns alte Jugendklamotten unserer Eltern an, unser Kind war in diesem Spiel unser ganz lieber schwarzer Kater Peter, der sich von uns fast alles gefallen ließ. Wir zogen ihm ein Puppenkleidchen an, setzten ihm eine Mütze auf und fuhren ihn dann in meinem Puppenwagen durch unseren Hof und Garten. Er schnurrte dabei, trank Milch aus der Puppenflasche und fühlte sich wohl. Die angrenzende Straße jedoch flößte ihm Angst ein. Einmal beschlossen wir jedoch, mit dem Wagen auf die Straße zu gehen, da Peter fest schlief. Auf der Straße liefen wir an zwei Tratschfrauen vorbei, die bekannt dafür waren, dass sie über alle lästerten.

Direkt neben diesen schoss auf einmal unser erschrockener schwarzer Kater – wie vom Blitz getroffen – mit großen Augen und fauchend in seinem Kleid und seiner Mütze aus dem Puppenwagen heraus und raste zu unserem Tor. Beide Frauen erschraken sehr, aber eine schrie total schlimm: »Hilfe, Hilfe, der Leibhaftige! Ich kriege einen Herzinfarkt, Hilfe, ich bin so erschrocken! Seid ihr verrückt?!«

Peter wollte panisch über unser Tor klettern, aber in seinen feinen Klamotten schaffte er das nicht und blieb eine kleine Weile in dieser Verkleidung am Tor hängen, bis wir ihn dort herunterholen konnten.

Inzwischen hatten sich auf der Straße schon einige Leute versammelt, die alle über uns und unseren Kater lachten. Die zwei Frauen brauchten noch lange, um sich zu beruhigen – den befürchteten Herzinfarkt hatten sie aber nicht.

Christiane Zeidler (Deutschland) wurde 1965 in Dresden geboren. Sie ist gelernte Sekretärin. Nach einer Umschulung zur pädagogischen Assistentin lebte sie in Berlin und arbeitete in der tiergestützten Pädagogik. Schon lange hat sie Interesse an Malerei und der bildenden Kunst. Wieder in Dresden ist sie derzeit in einem Kinder-Freizeit-Laden tätig und gibt dort Kreativ-Kurse. Mit Comics beschäftigte sie sich in dieser Workshop-Reihe zum ersten Mal.

Illustriert von Elena Pagel

Unser Lieblingsspiel
„MUTTER-VATER-KIND"
Kater Peter als Kind
Richtex als Mutter
Was für eine leckere Milch!
Ich als Vater
RADEBURG
1972
Schnurr, Schnurr, Schnurr...
Tratsch... TRATsch... TRAtsch... Tratsch...
BLITZ!
MIAU
Hilfe, Hilfe! Ich bin so erschrocken...
6
Der Leibhaftige...
Hilfe, Hilfe!!!
Seid ihr verrückt...? Ich bin so erschrocken...
Ich kriege einen Herzinfarkt!
Schau Schatz, der Kater hat ein Kleidchen!

Brennnesseln sind gut...

Als ich Kind war, gingen wir am Wochenende oft wandern. Ich war davon nicht begeistert und mochte es häufig nicht. Es war oft so steif, und wir waren immer als kleine Familie ohne Freunde unterwegs.

Einfach immer nur Strecke zu laufen – das war mir zu langweilig. So kam ich einmal auf die Idee, die Reaktion meiner Eltern zu testen, als ich herrlich große Brennnesseln am Wegrand entdeckte. Im passenden Moment hielt ich meinem Vater und meiner Mutter die schön brennenden Blätter an ihre sonnengebräunten Waden. Schließlich habe ich gelernt und aus ihrem Munde gehört, wenn ich wegen Brennnesseljucken jammerte, Brennnesseln seien gut für die Durchblutung!

Eine Reaktion hatte ich erwartet. Jedoch nicht diese! Mein Vater schimpfte wie ein Rohrspatz! Und wollte von mir wissen, was das solle, denn es würde sehr unangenehm brennen. Das konnte ich so nicht auf mir sitzen lassen!

Ich musste ihnen beweisen, dass es gar nicht so schlimm war, wie sie behaupteten. So lief ich voraus und schmiss mich mit meiner kurzen Kleidung und meinem ganzen Körper in den nächstbesten, größeren Brennnesselhaufen. Ich rief: »Schaut her! Das ist doch gar nicht so schlimm!« Im selben Moment spürte ich schon, wie der ganze Körper zu brennen begann. Ich ließ mich auf dem Weg langsam zurückfallen, hinter meine Eltern und meinen Bruder, biss die Zähne zusammen und sagte kein Wort mehr. Schließlich durfte ich vor meinen Eltern nicht zugeben, wie sehr es brannte – und das am ganzen Körper!

Den Rest des Weges betete ich dann die ganze Zeit das Mantra herunter: »Das ist gut für die Durchblutung!« Wann das Brennen endlich nachließ, daran kann ich mich nicht mehr erinnern.

Juli Weg (Deutschland) wurde 1981 in Dresden geboren, studierte dort und arbeitete nach einem Auslandsjahr in Neuseeland anschließend als Physiotherapeutin. »Die Zeit in Neuseeland war sehr prägend für mein Leben. Zu sehen, wie Menschen auch anders in die Welt schauen und leben, anders als wir es hier in Deutschland tun.« Als Mutter von nun zwei Kindern hat sie zuletzt in der Umweltbildung und Möbelrestauration gearbeitet und ist gespannt, wie sich ihr beruflicher Weg nach der »Babyauszeit« weiter formen wird. Ihre Hobbys sind Zeichnen, Nähen, Keramik, Reisen und Wandern.

Illustriert von Anne Ibelings

Mir ist langweilig!
Ah, Brennnesseln. Die sind doch gut für die Durchblutung!
Was machst du da?! Das brennt wie verrückt!
Das ist doch gar nicht so schlimm! Schaut her!
Brennnesseln sind gut für die Durchblutung. Brennnesseln sind gut für die Durchblutung. Brennnesseln sind gut für die .....

Der Wasserkrug

Als ich Kind war, hatten wir zuhause einen großen Krug, in dem kaltes Wasser zum Trinken war. Eines Tages habe ich in diesem Wasserkrug alle Schuhe der Familie versteckt. Meine Familie suchte ihre Schuhe, ohne sie zu finden. Später hat meine Mutter eine Tasse in den Krug getaucht, um Wasser zu schöpfen. Die Tasse stieß gegen etwas, meine Mutter sah nach und fand die vielen Schuhe. Sie erkannte sofort, wer dahintersteckte und fragte mich: »Hala, hast du das gemacht?« Ich verneinte. Sie sagte: »Doch, du warst das. Sei ehrlich!« Ich sagte: »Ja Mama.« Am Ende musste ich alle Schuhe ausräumen und den Wasserkrug sauber machen.

جرة الفخار

أتذكر في أيام طفولتي انه كان لدينا في البيت جرة كبيرة لحفظ ماء الشرب. من صفات جرة الفخار انها تحفظ الماء باردًا في الصيف و دافئ في الشتاء. في احد الأيام خطرت لي فكرة اللعب بالاحذية كقوارب تسبح في الماء. لكن الحذاء الأول غرق في الجرة، فجربت الأحذية الأخرى ولكنها غرقت جميعها فامتلئت الجرة بالاحذية. عندما عادت امي الى البيت كانت تحس بالعطش و ارادت شرب الماء من الجرة ولكنها تفاجئت بكل الأحذية في الجرة. فصرخت منادية على اسمي لكي تعرف كيف جائت الأحذية الى الجرة. في البداية أظهرت عدم معرفتي الامر لكن بعد الحاح الوالدة اعترفت بانها كانت فكرتي. وكانت النتيجة في النهاية اني أجبرت علي تنظيف الجرة وتجفيف جميع الأحذية ولكن بمساعدة والدتي.

Hala Alshehawi (Syrien) wurde 1961 in Salamieh geboren. Sie hat dort zwei Jahre Lehramt für Kunst studiert und im Anschluss 30 Jahre in einer syrischen Grundschule gearbeitet. Seit 2016 ist sie in Deutschland; mittlerweile hat sie die deutsche Sprache gelernt. Sie war ehrenamtlich im Ausländerrat tätig und Schauspielerin in zwei Stücken: »Morgenland« und »ICH BIN MOSLEMA. HABEN SIE FRAGEN?« Außerdem hat sie als Bufdi in der Grundschule gearbeitet. Momentan ist sie pädagogische Assistentin in einer Förderschule. In ihrer Freizeit näht sie gerne und widmet sich dem Thema »Recycling«.

Illustriert von Luisa Stenzel

DER WASSERKRUG

erzählt von Hala Alshehawi
aufgezeichnet von Luisa Stenzel

In unserem Wohnzimmer gab es ein Podest mit einem gemütlichen Teppich darauf. Davor musste man immer die Schuhe ausziehen. Daneben stand ein großer Tonkrug aus dem wir Wasser tranken.

Vielleicht wollte ich nur sehen ob ein paar der Schuhe als Boote taugten...

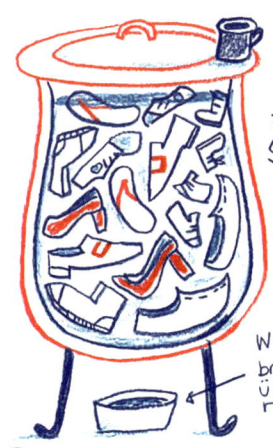

"3, 2, 1...! absenken!"

"brrrm ptrrrtrr stotterr HUUUP"

"Boot voll auf Kollisionskurs!!"

Und dann versank das Schiff mit Mann und Maus...

...jedenfalls versenkte ich die gesamten Schuhe meiner Familie im Wasserkrug. Dann ging ich raus.

Weil der Krug ungebrannt ist, tropft hier überschüssiges Wasser rein.

"Puuuh! Hab ich Durst"

← Meine Mutter

"...?"

"HALA!"

"Also wirklich das gibts doch gar nicht was hast du dir dabei gedacht eine riesen Sauerei und..."

SCHWAPP...

Und ich musste den ganzen Krug wieder sauber machen.

2020

Der Kleiderschrank

Als ich ein Kind war, war ich sehr schüchtern. Oft habe ich lieber allein gespielt. Ich baute meine Puppen aus bunten Stoffen und Holzstöcken selbst und meine Tiere aus Erde mit Wasser. Ich hatte immer Lust, meinen Geschwistern und Verwandten Streiche zu spielen. So habe ich in unserem Garten zum Beispiel ein kleines Loch gegraben und habe es mit kleinen Baumzweigen bedeckt, damit alle dort hineinfallen. Manchmal baute ich Nester aus trockenen Kräutern und setzte sie auf die Baumzweige.

Ich habe heute noch Angst vor Hunden, denn damals, als ich alleine im Bett geschlafen habe, habe ich mir viele gespenstische Hunde vorgestellt, die aus dem Schrank, aus dem Fenster oder unter dem Bett herauskommen.

Am liebsten spielte ich mit meinem kleinen Bruder, der wie ein Mädchen aussah und lange blonde Haare hatte. Deshalb habe ich ihm meine Kleider angezogen, so gingen wir zusammen, um unser Lieblingsessen einzukaufen.

An einem Tag spielte ich mit ihm das Versteckspiel, und da fiel mir ein, dass ich mich im Kleiderschrank verstecken könnte. Im Schrank versteckt, bin ich dann eingeschlafen. Nach ein paar Stunden haben meine Mutter und meine Geschwister mich überall gesucht, während ich in meinen Träumen in dem Schrank ruhig gelegen habe. Als ich aufgestanden bin, fand ich meine traurige Mutter weinend. Als sie mich sah, umarmte sie mich sofort, lachte und weinte wieder.

دولاب الملابس

عندما كنت طفلا صغيرا كنت خجولا وكنت العب وحيدا في معظم الأحيان. كنت اصنع الدمى بنفسي من بقايا قطع قماش ملونة و عصي خشبية صغيرة. من الطين الطري حاولت في بعض الأحيان صنع حيوانات صغيرة للعب.

كنت ارغب كطفل في صنع المقالب. فكنت احفر حفرة صغيرة واغطيها باوراق الأشجار والاغصان لكي لا ينتبه الشخص الذي يمشي عليها. في مرة من المرات بنيت عش صغيرا و وضعته على غصن الشجرة ليظن الناس انه عش حقيقي. اكثر ما كان يخيفني في طفولتي هي الكلاب السائبة والاشباح و خاصة عندما اذهب الى الفراش فاتخيل انها ستخرج من دولاب الملابس او من تحت السرير لتخيفني.

في معظم الأحيان كنت العب مع اخي الصغير ذو الشعر الأشقر الطويل. عندما البسه اثوابي لا يمكن تفرقته عن أي بنت شقراء.

في احد الأيام عندما كنا نلعب لعبة الاختباء قررت ان اختبئ في خزانة الملابس. فجأة شعرت بالتعب و غلب علي النوم. عندما صحيت من النوم بعد ساعات اكتشفت ان العائلة كانت تبحث عني طوال الوقت وقد بدأت امي في البكاء لانها لم تجدني. اكن بعد ان عرفت القصة فرحت عندما رأتني و بكينا نحن الاثنان من الفرح.

Rodina Jomaah (Syrien) wurde 1985 in Damaskus geboren. Sie ist mit ihrer Familie nach Deutschland gekommen, um vor dem Krieg in ihrer Heimat zu fliehen. Dort ließ es sich nicht leben: Es gab kein Essen, kein Trinken, und zur Schule konnten die Kinder auch nicht gehen. Für eine bessere Zukunft ihrer Kinder ist sie geflohen. Sie ist Hausfrau und verbringt ihre Freizeit gerne mit Schwimmen und Basteln.

Illustriert von Annij Zielke

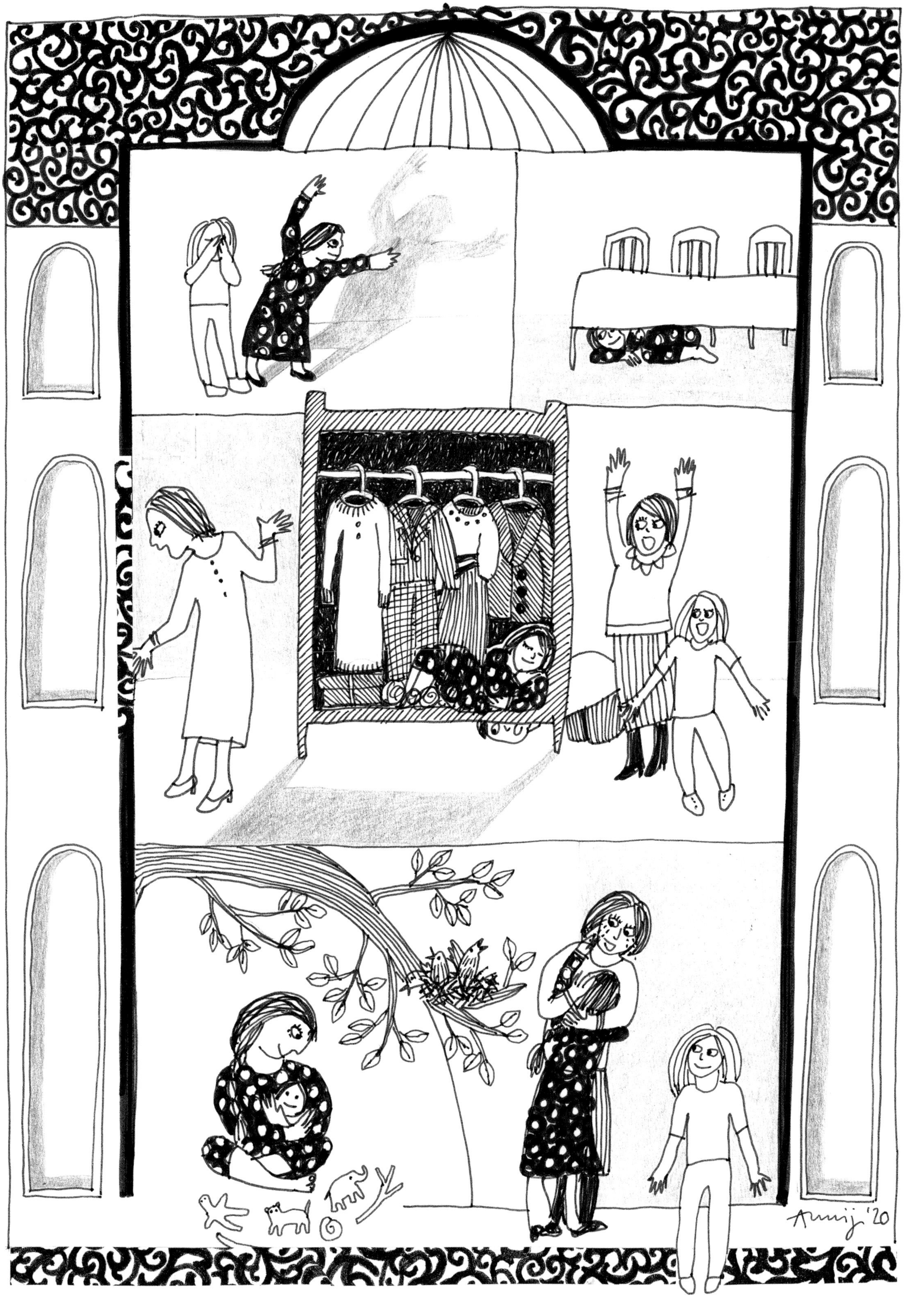
Annij '20

مراحقة و الحب الأول

Gioventù e primo amore

Juventud y primero amor

روزگار جوانی و عشق اول

Jugend und erste Liebe

Юность и первая любовь

Jeunesse et premier amour

Die Geschichte meines Führerscheins

Herat ist eine sehr religiöse Stadt. Keine Frau darf ohne Kopftuch aus dem Haus. Ich war die Einzige, die einen Führerschein hatte. Als ich mich in der Fahrschule anmeldete, war ich die einzige Frau unter 200 Männern. Alle schauten mich böse an und gaben mir das Gefühl, fehl am Platz zu sein. Es waren sehr schwierige Tage für mich, aber ich war geduldig und wollte zeigen, dass auch Frauen das Recht haben, Auto zu fahren. Zehn Tage hat es gedauert, an jedem Tag habe ich ein halbes Kilo Gewicht verloren. Ich war dort ohne Kopftuch, mit Mantel und Schal auf dem Kopf. Die Prüfung bestand ich beim ersten Versuch. Ich kaufte mir ein Auto und war sehr glücklich. Auf dem Weg zur Arbeit demolierten sie mir das Auto, zerbrachen den Spiegel oder anderes. Ich sagte nie etwas, war geduldig und lächelte beim Aussteigen. Drei Jahre lang. Nach dieser Zeit fuhren alle Frauen in Herat Auto.

داستان گواهینامهٔ رانندگی من

هرات شهری بسیار مذهبی در افغانستان است و خانم‌ها اجازهٔ خارج‌شدن از منزل بدون حجاب را ندارند. در آن زمان من تنها زنی در هرات بودم که گواهینامهٔ رانندگی داشتم.

وقتی برای کلاس رانندگی ثبت‌نام کردم، بین ۲۰۰ مرد فقط من زن بودم. همه با عصبانیت به من نگاه می‌کردند و من احساس ترس و تنهایی می‌کردم. روزهای بسیار سختی برای من بود، اما من صبور بودم و می‌خواستم نشان دهم که زنان نیز حق رانندگی دارند. کلاس ده روز طول کشید و من هر روز نیم کیلو وزن کم می‌کردم. من با مانتو و شال در کلاس شرکت می‌کردم که اصلاً با حجاب کامل در شهر ما قابل مقایسه نبود. سرانجام در اولین نوبت امتحان قبول شدم و بعد از مدتی یک ماشین خریدم و بابت آن بسیار خوشحال بودم.

در مسیر رفتن به محل کار، مردم به ماشین من آسیب می‌زدند و آینه یا چیز دیگری را می‌شکستند. من هرگز شکایتی نمی‌کردم و با صبوری وقتی از ماشین بیرون می‌آمدم لبخند می‌زدم. بعد از گذشت سه سال از آن روزها، همهٔ زنان در هرات اجازه یافتند که رانندگی کنند.

Leila Seied (Afghanistan) wurde vor circa 30 Jahren in Herat geboren. Sie ist 2017 nach Dresden geflüchtet. Hier lernt sie Deutsch. Sie hat eine Tochter.

Illustriert von Effi Mora

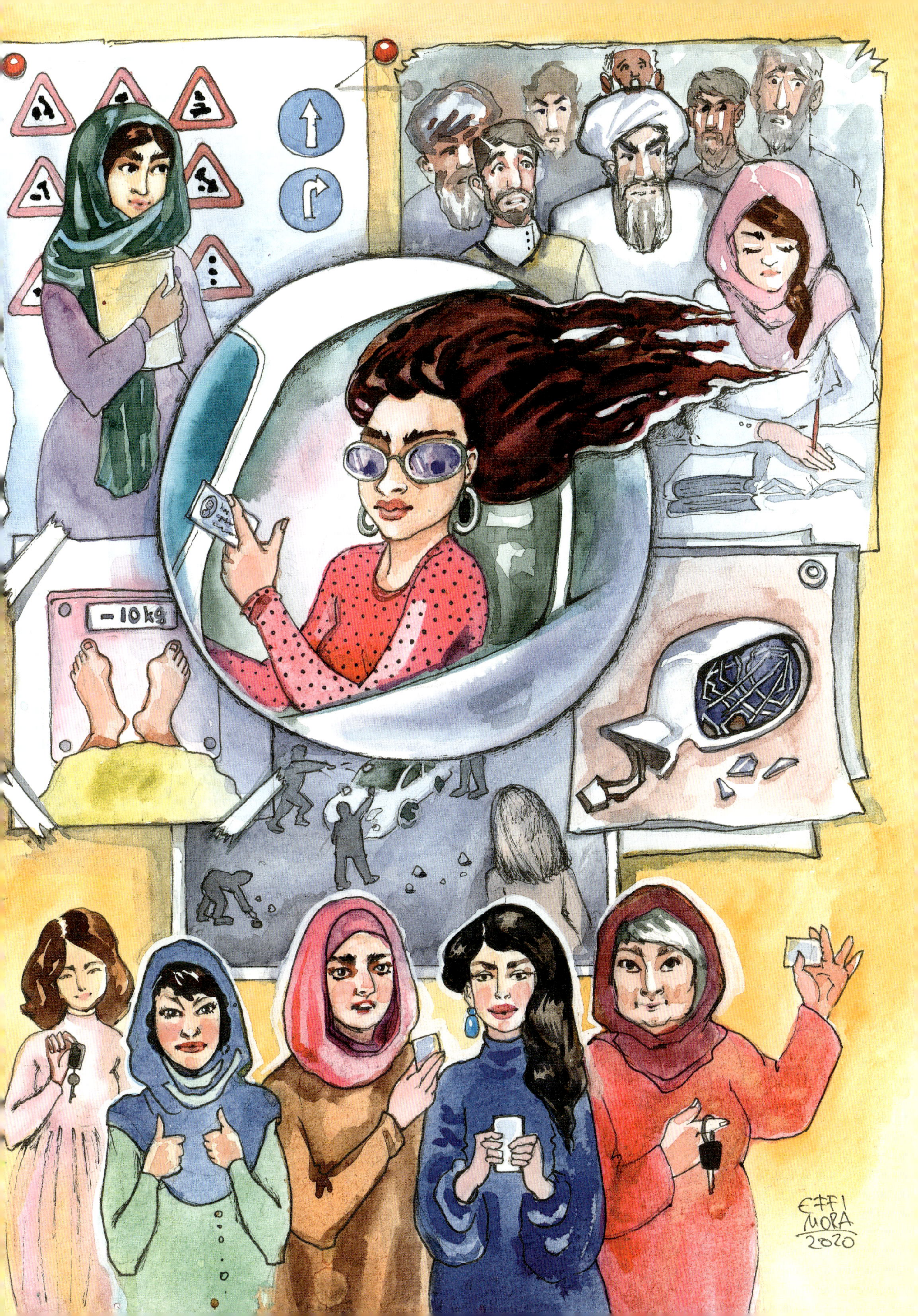
-10kg
EFFI
MORA
2020

Mein treuer Lippenstift

Meine Rituale, ganz »petraisch«: Ich werde geweckt und muss noch eine Zeile lesen, damit ich merke, dass der Kopf da ist. Aus dem Hochbett steigend, lese ich den Tagesspruch, die Botschaft oder was der »Flow-Kalender« von sich gibt. Nach zwei Gläsern Wasser und erst ein wenig warmem, dann reichlich kaltem Duschwasser kann ich eine Tasse Tee und eine Tasse Kaffee trinken.

Aber mein ausführlichstes Ritual heißt »Schminken«. Petra, die in ihrer Kindheit immer ein Junge sein wollte, malt sich an. Tja, das macht sie. Leidenschaftlich! Bis Anfang 20 fand ich jegliche Schminke unschön, verzerrend, unecht, eklig. Eines Tages trug dann eine Freundin vor einem Konzert Lippenstift auf und forderte mich auf, es auch zu versuchen. Nein, ich will nicht! Doch die Farbe gefiel mir, der Stift lag gut in der Hand, und ich empfand in dem Augenblick etwas Großartiges: Ich sah mich anders. Das soll ich sein. Dieses Wesen hat ja schöne Lippen. Ein Wunder! Holla, ich bin eine Frau, kein hässliches Entlein.

So gelang es mir mithilfe eines Lippenstifts, mich als schön zu empfinden.

Jeden Tag schminke ich mich gut und gründlich – als wäre es eine Therapie.

Petra Wilhelm (Deutschland) wurde 1965 in Eichsfeld, Worbis, geboren. Im Zeichenkurs der Oberschule gelangten ihre Arbeiten in Ausstellungen, Schulhaus, Bibliothek, Gemeindehaus. Nach dem Besuch einer Spezialschule in Erfurt folgte ein Studium der deutschen und russischen Sprache. Seit 1987 lebt und arbeitet sie in Dresden. Neben der Lehrtätigkeit absolvierte sie Studiengänge in Theaterpädagogik, Ethik, Philosophie und immer wieder Lehrgänge in Malerei und Zeichnen. Mit Kindern und Jugendlichen betreibt sie verschiedene kreative Projekte, so bemalen sie beispielsweise Stühle, betreiben Upcycling oder kreieren Pappmachéobjekte.

Unter ihrem Künstlernamen »KRUMMBUNT« stellt sie ihre Werke an unterschiedlichen Orten aus: Textilarbeiten finden sich im Kunsthof, Acrylarbeiten in der Kümmelschänke und Grafik in der Galerie Sillack.

Illustriert von Yini Tao

Du~ ?
wer~?
自己の脸
Petra~
ich muss mich noch schminken!
Lippen
女孩
口红
Lippenstift~
美
...fühle meine Lippen, mein Gesicht,
ich spüre mich....

Gleiskreuzungen in den Sonnenuntergang

Meine erste große Liebe war ein Punk aus meiner damaligen Klasse mit einem grünen Irokesenschnitt. Wir lernten uns in der siebten Klasse kennen, Mitte der 1990er, da hier die Klassen nach diversen Profilen neu gemischt wurden.
Wir schrieben irgendwann in den Unterrichtsstunden kleine Zettel und warfen uns diese gegenseitig zu. Aufregend! In den Textbotschaften ging es um unsere gegenseitige Zu- oder Abneigung. Ein permanentes Hin und Her.
An einem frühen Abend waren wir, wie so oft damals, in einem alten Industriegelände. Die Gebäude waren aus Ziegelsteinen, mit Rundbögen, funktional, aber trotzdem sehr schön anzuschauen. Wir hingen da mit Freunden und Bekannten ab, konsumierten Tabak und manche von den Leuten auch Alkohol und Cannabis. Alte Sofas standen in einer alten Halle, wo wir es uns gemütlich machten.
Dieses Gebäude hatte eine Rampe, wo früher Waren an- und abgeladen wurden. Davor waren Gleise, gesäumt von kleinen Birken, Moos und Brombeerpflanzen.
An diesem Abend gingen wir Hand in Hand nach Hause und balancierten auf den Gleisen. Diese gingen mal auseinander, mal zusammen. Vor uns der Sonnenuntergang, auf welchen wir uns zubewegten. Er sagte dabei zu mir: »Die Gleise verlaufen hier so, wie unsere Beziehung. Mal geht es zusammen, mal geht es auseinander und dann mal wieder zusammen.«
Damals wie heute aus meiner Sicht sehr romantisch.

Katharina Schmidt (Deutschland) wurde 1984 in Zwickau geboren. In der Vergangenheit absolvierte sie eine Ausbildung zur Kraftfahrzeugmechanikerin, arbeitete später als Teilevertriebsleiterin und orientierte sich beruflich um. Aktuell ist sie in einer Ausbildung zur Arbeitserzieherin. Ihre Hobbys sind Wandern, Fahrradfahren, Reisen, Lesen, Kanufahren, Skaten und Motorradfahren. Außerdem interessiert sie sich für Natur, gutes Essen und Kochen sowie für Kunst und Kultur. Ferner verbringt sie gerne Zeit mit ihrer Familie und ihren Freunden.
Die Liebe zur Stadt und zu einer Frau führte sie vor neun Jahren nach Dresden.

Illustriert von Anja Maria Eisen

Disaster-Date

Mitte der 1990er Jahre entdeckte ich die Liebe zu Frauen. Zu dieser Zeit war ich noch nicht geoutet und machte meine ersten Schritte in der Szene. Ich arbeitete 1996 in einem Amt und holte mein Abitur nach.

Es war Freitagmittag, Feierabend im Amt. An der Tür traf ich zwei Kolleginnen. Die kesse Silvia übergab mir einen verschlossenen braunen Briefumschlag mit den Worten: »Hey Anett, du bist doch Single, wir haben da etwas für dich.«

Ich nahm den Umschlag, klemmte ihn unter den Arm und rannte nach Hause. Daheim riss ich den Umschlag auf, Hunderte knallbunte Kondome purzelten auf meinen Tisch. Ich musste lachen und dachte: »Na, mir wird schon jemand einfallen, dem ich die Dinger zur Verwertung übergeben kann.« Ich ließ sie einfach liegen.

Eine Woche später lernte ich auf dem Abendgymnasium Uta kennen. Ich lud sie in meine winzige Wohnung ein und war sehr aufgeregt. Mein erstes Date! In meinem Kopf war nur Platz für Uta.

Es klingelte. Mein Herz klopfte bis zum Hals. Sie war da, aber sie stürmte durch die Tür an mir vorbei ins Bad. In dem Moment drehte ich mich um und sah die Kondome auf dem Tisch liegen. Oh, Shit! Was sollte sie nur von mir denken? Hastig scharrte ich sie zurück in den Umschlag und warf ihn hinter die Bücher in den Schrank.

Puh geschafft! Uta kam aus dem Bad.

Sie war sehr interessiert an Literatur. Zielsicher schritt sie zum Bücherschrank. »Was liest du denn so?« Sie zog das erste Buch hervor, und die Kondome rieselten über ihren Kopf – wie ein bunter Regenschauer.

Anett Lentwojt (Deutschland) wurde in einem Dorf in Ostdeutschland geboren. Das Dorfkind Anett lebt seit 1994 in Dresden, entdeckte hier, dass die Frauen besser küssen und hat 2020 nach 16 Jahren ihre große Liebe geheiratet. Sie studierte Wirtschaftspädagogik, unterrichtete in Stuttgart, kehrte nach Dresden zurück, baute ein Stadtteilarchiv und ein Museum auf und arbeitet heute als Stadtführerin mit Leib und Seele. In ihrer Freizeit liest sie gerne, zeichnet Comics und unternimmt Radtouren.

Illustriert von Antje Dennewitz

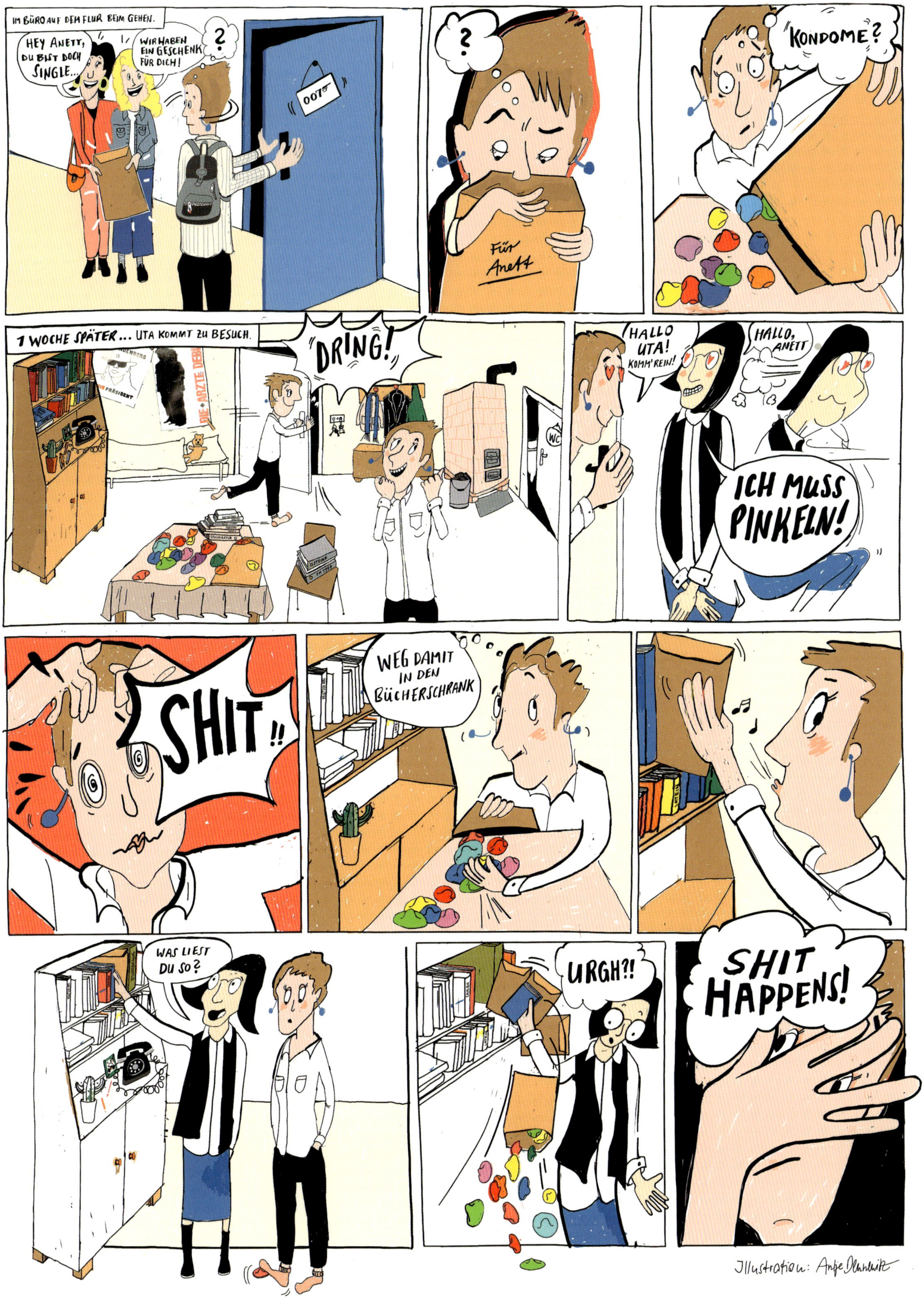

Jllustration: Antje Dennewitz

Meine schrecklichste Nacht aller Ferien

Fast jeden Sommer fuhr ich mit meinem Flötenkreis zu einer Rüstzeit. Meistens übernachteten wir in Privatquartieren bei netten Gemeindemitgliedern. So auch während der Rüstzeit meiner schrecklichsten Nacht.
Ich kam spät und müde bei den Quartiereltern an und legte mich bald schlafen. Doch einschlafen konnte ich nicht – ich hatte irgendwie ein komisches Gefühl. Ich knipste das Licht wieder an – und sah, dass in diesem Zimmer überall dicke, große, fette Spinnen herumkrabbelten. Iiiiih! Auf dem Fensterrahmen, meinem Bettgestell, an den Wänden, der Tür – überall! Es waren mindestens 30 oder 40 oder sogar noch mehr!!! Mein Herz raste.
Ich wollte die Quartiereltern zu Hilfe holen, doch die schienen auch schon zu schlafen; und ich wusste nicht wo. Im ganzen Haus war's dunkel.
So habe ich mich nur ganz still auf mein Bett gesetzt, kein Auge zugetan und gebetet, dass diese Nacht ganz schnell vorbeigeht. Einzuschlafen traute ich mich nicht; ich hatte Angst, dass dann diese Monsterspinnen auf mir herumkrabbeln könnten. Auch lesen wollte ich nicht. Ich habe nur schwitzend und schlotternd aufgepasst, dass mir diese Viecher nicht zu nahe kamen. Es schien mir, diese Nacht dauere Jahre!
Total übermüdet erzählte ich Martina, der Leiterin, von meiner schrecklichen Nacht.
Sie hatte Mitleid mit mir. So konnte ich noch am gleichen Tag in ein anderes Quartier umziehen – zu Gabi, einem netten Mädchen, welches noch Platz in einem großen Doppelbett hatte. Dieses Zimmer war spinnenfrei, und so konnte ich die weiteren Nächte gut schlafen und die Ferientage genießen.

Christiane Zeidler (Deutschland) wurde 1965 in Dresden geboren. Sie ist gelernte Sekretärin. Nach einer Umschulung zur pädagogischen Assistentin lebte sie in Berlin und arbeitete in der tiergestützten Pädagogik. Schon lange hat sie Interesse an Malerei und der bildenden Kunst. Wieder in Dresden ist sie derzeit in einem Kinder-Freizeit-Laden tätig und gibt dort Kreativ-Kurse. Mit Comics beschäftigte sie sich in dieser Workshop-Reihe zum ersten Mal.

Illustriert von Daniela Veit

RÜSTZEIT

In den Sommerferien fuhr ich mit meinem Flötenkreis gern zu einer Rüstzeit.

Wie schon oft übernachteten wir einzeln bei Leuten aus der Gemeinde.

Müde von der Reise legte ich mich gleich schlafen, doch ich hatte ein komisches Gefühl und machte das Licht noch einmal an...

iiihh aaaahh hier ist alles voller großer Spinnen! mindestens 30 oder 40!!

Ich habe die ganze Nacht kein Auge zugetan... Stöhn...

Total übermüdet erzählte ich der Leiterin von der schrecklichen Nacht.

... da helfe ich dir

Und so konnte ich umziehen – zu Gabi, einem netten Mädchen, welches noch Platz in einem großen Doppelbett in ihrem Quartier hatte.

Daniela Veit

Von Pferden und Menschen

Meine erste Liebe gehörte keinem Jungen oder Mann. Sie galt einem Pferd. Es hieß Janusch. Wegen des Pferdes fuhr ich fast jeden Tag mit dem Fahrrad 18 Kilometer hin und zurück. Janusch reagierte sehr eigenwillig bei anderen Reitern, passte bei mir aber auf, dass ich nicht runterfiel. Ich bin mir sicher, dass das Pferd mich liebte. Irgendwann liebte ich auch seinen Reiter, einen jungen Mann mit blauen Augen und blonden Locken. Das war aber eine hoffnungslose Geschichte, denn viele andere Mädchen und Frauen liebten ihn auch – und er sie. Und ich wollte einen Mann für mich allein. Ich bin eine Egoistin und nicht für die »Vielweiberei« geeignet. Schön war es aber doch, zu lieben – egal ob Pferd oder Reiter.

Uta Grahn–Jentsch (Deutschland) wurde 1941 in Friedrichroda, Thüringen, geboren. Von 1958 bis 1961 studierte sie an der Fachhochschule für Gartenbau in Erfurt und machte dort ihren Abschluss als Ingenieurin für Gartenbau mit Diplom. Seit 1967 lebt sie in Dresden. Schon seit 1929 leitet die Familie Jentsch im Stadtteil Strehlen eine Staudengärtnerei als Familienunternehmen. Ihre Hobbys sind Schreiben, Lesen, Pflanzen und Eisbaden.

Illustriert von Johanna Failer

> Wollen wir zusammen ausreiten?

> Ich liebe dich! Ich liebe dich!

mit einer anderen Frau..

> Oooh, wie ich dich liebe!

Das Pferd blieb mir treu.

Ich ihm nicht.

Dean Reed – meine erste Liebe

Zu meiner Oberstufenzeit war ich in den berühmten Sänger und Schauspieler Dean Reed verliebt. Das war meine erste wahrhaft leidenschaftliche und romantische Liebe. Ich sammelte seine Fotos und kaufte seine Schallplatten. Ich war sehr glücklich, wenn im Fernsehen seine Filme oder Konzerte gezeigt wurden. Er war sehr bekannt und beliebt in der Sowjetunion. Einmal erschien er mir im Traum und sprach russisch mit mir. Als Studentin fuhr ich zur Hochzeit meiner Cousine, die im Kaukasus lebte. Einer der Hochzeitsgäste war ein junger Mann namens Robert, ein Spielkamerad aus Kindheitstagen. Wir hatten uns viele Jahre nicht gesehen, da seine Familie aus unserem Städtchen weggezogen war. Robert war erwachsen geworden und sah nun wirklich wie ein Doppelgänger von Dean Reed aus. Aufgrund dieser verblüffenden Ähnlichkeit mit meinem Idol wurde ihm sogar der Spitzname »Dean Reed« verpasst. Er forderte mich zu einem Walzer auf und wir tanzten die ganze Nacht miteinander, ohne unsere verliebten Augen voneinander abzuwenden. In den 1980er Jahren begann die Emigrationswelle der Russlanddeutschen nach Deutschland. Auch unsere Familien wanderten – unabhängig voneinander – aus. In Deutschland traf ich Robert in Braunschweig beim runden Geburtstag meiner Cousine wieder. Er sagte: »Und Rita lacht wie in ihrer Jugend!«

Дин Рид - моя первая любовь

Когда я была старшеклассницей, я горячо влюбилась в известного американского певца - актёра и режиссёра Дин Рида. Это была моя первая страстная и романтическая любовь. Я собирала его фотографии, пластинки и посещала фильмы с его участием. Борец за мир Дин Рид был очень известен и любим в Советском Союзе. Однажды он пришёл ко мне во сне и говорил со мной по-русски. Я была так счастлива! Будучи студенткой, я поехала на свадьбу моей кузины. Там, среди гостей, оказался парень по имени Роберт - мой товарищ по детским играм в Павлодаре, где я проводила каникулы у бабушки. Высокий, красивый, голубоглазый, улыбчивый, с американской внешностью, с длинными волосами и с тем же стилем одежды, он стал выглядеть в точности как мой любимый Дин Рид. И действительно, из-за поразительного сходства с моим кумиром, у него уже давно была кличка «Дин Рид». До этого мы не виделись с Робертом многие годы, так как его семья переехала в другой город. А на свадьбе у кузины мы танцевали с ним вальс, вспоминали детство, много смеялись, и я снова была влюблена!
Жизнь разметала нас в разные стороны. В восьмидесятые годы началась волна эмиграции российских немцев в Германию. Наши семьи независимо друг от друга уехали тоже. Прошло много лет. Но судьба подарила мне ещё одну встречу с «двойником» Дин Рида в Брауншвейге – уже на юбилее моего кузена. И он сказал тогда: «У Риты смех, как в юности!»

Margarita Ohngemach (Kasachstan) wurde 1958 im Dorf Turgen, im Gebiet Almaty, geboren. Sie ist Diplom-Pädagogin und Lehrerin für russische Sprache und Literatur. Seit 1992 in Dresden, arbeitet sie als Sozialpädagogin und Betreuerin in verschiedenen Projekten und Vereinen. Sie schreibt Essays und Gedichte in Russisch und leitet das vor 28 Jahren gegründete Folkloreensemble »Kalinka«.

Illustriert von Liane Hoder

... ich war immer GLÜCKLICH seine BILDER zu sehen, seine LIEDER zu hören...

Привет, мой любимый

... ich hatte einen TRAUM, wir sprachen russisch...

"WALZERTANZ mit dem DOPPELGÄNGER"

"RITA, das selbe LACHEN, wie aus der JUGEND"

Drei Freundinnen und ein Mann

In Teheran waren wir drei Freundinnen, damals 16 oder 17 Jahre alt. Bis heute sind wir gut befreundet. Nach der Schule gingen wir jeden Tag in die Wohnung der einen von uns. Die Wohnung lag über einem Laden, in dem ein sehr schöner junger Mann als Verkäufer arbeitete. Wir hänselten uns gegenseitig drei Jahre lang, der junge Mann und wir drei Freundinnen. Sein Moped nannten wir Esel!

Einmal, als wir bei ihm einkauften, musste er nach hinten ins Lager. Diese Zeit nutzten wir, um schnell in seinem Telefonbuch nach Frauen zu suchen. Er hatte immer behauptet, keine Frauen zu kennen, doch im Buch standen Frauennamen. Wir sagten ihm, er habe gelogen. Er sagte, er lüge nicht. »Okay, wenn du lügst, fällt der Ventilator runter.« Der Ventilator fiel wirklich herunter und verursachte eine Beule an seinem Kopf. Am nächsten Tag brachte der junge Mann Melonen vorbei und entschuldigte sich.

Als er dann nach Kanada auswanderte, brach mir das Herz.

سه دوست‌دختر و یک مرد

ما سه دوست مدرسه‌ای شانزده-هفده ساله بودیم که در تهران زندگی می‌کردیم و البته هنوز هم دوستان بسیار خوبی هستیم. هر روز بعد از مدرسه به خانهٔ دوستم می‌رفتیم که بالای یک مغازه بود و جوانی بسیار خوش‌تیپ آنجا فروشندگی می‌کرد. ما سه دختر و مرد جوان سه سال تمام یکدیگر را دست می‌انداختیم و به هم طعنه می‌زدیم. مثلاً به موتورسیکلت او می‌گفتیم الاغ!

یک روز وقتی برای خرید به مغازه‌اش رفته بودیم، مجبور شد برای کاری به انبار برود و ما هم از فرصت استفاده کردیم و در دفترچهٔ تلفن او به‌سرعت دنبال اسم زن‌ها و دخترها گشتیم. با اینکه او همیشه ادعا می‌کرد که هیچ زنی را نمی‌شناسد، نام زن‌های زیادی در دفترچهٔ تلفنش بود. وقتی از انبار برگشت به او گفتیم که دروغ می‌گوید و حتماً زنان زیادی را می‌شناسد، اما او همچنان حاشا می‌کرد. ما هم به شوخی گفتیم: "اگر دروغ بگویی، خدا کند پنکه توی سرت بخورد". با کمال تعجب پنکه واقعاً سقوط کرد و روی سر او برآمدگی بزرگی ایجاد شد! بعدها مرد جوان برای ما هندوانه‌ای هدیه آورد و از اینکه دروغ گفته بود، عذرخواهی کرد.

وقتی او به کانادا مهاجرت کرد، قلبم شکست.

Sara Zolghadr (Iran) wurde in Teheran geboren. Sie hat einen Abschluss in Buchhaltung und hat im Iran als Buchhalterin und Assistentin für Buchhalter und Steuerangelegenheiten gearbeitet. Abgesehen von ihrer Arbeit, interessierte sie sich für die Kunst des Töpferns und beschäftigte sich mit Keramik. Sie lebt seit dem 6. Oktober 2015 in Deutschland. In ihrer Freizeit schwimmt sie gerne. Hier hat sie Elena und Nazanin getroffen und viel von diesen beiden lieben Freundinnen gelernt.

Illustriert von Anja Maria Eisen

Drei Freundinnen, ein Mann
Teheran 1996

Nach der Schule sind wir jeden Tag zu einer Freundin gegangen,

...über einem Laden mit einem sehr schönen jungen Mann.

...was für ein lustiges ESELCHEN du fährst

Wie steht's mit dir und anderen Mädchen?

bist du verliebt?

Nein ich kenne keine anderen Mädchen!!!

Wenn DU LÜGST fällt der Ventilator runter!!

Bitte hol mir mal etwas aus dem LAGER!

Aha

Mist, ertappt

ENTSCHULDIGUNG!

Wir durften uns nicht allein treffen, dann wanderte er nach Kanada aus.

لقائات درسدن

Incontri a Dresda

Encuentros en Dresde

Dresdner Begegnungen

ملاقات‌ها در درسدن

Встречи в Дрездене

Rencontres dresdoises

Die Nachbarin im Plattenbau

Was mir jetzt einfällt, ist meine erste Erinnerung nach meiner Auswanderung nach Deutschland, wo ich eine deutsche Frau traf, an dem Tag, als wir in unser neues Haus eingezogen waren. Obwohl ich immer gehört hatte, die Deutschen seien sehr abgeneigt, mit Ausländern oder Fremden zu kommunizieren, fand ich dieses Treffen aber ganz anders und interessanter als ich erwartet hatte: Die alte Frau erinnerte mich irgendwie an meine Großmutter.

Ich habe sie begrüßt und stellte mich wie folgt vor: »Hallo, ich bin M., ich komme aus dem Iran und ich lebe mit meinem Mann in diesem Gebäude und wir sind Ihre neuen Nachbarn.«

Sie hat sich auch vorgestellt und hat mich ganz nett begrüßt. Sie fing an, mit mir zu reden, obwohl ich selten verstand, wovon sie sprach, weil sie einen starken sächsischen Dialekt hatte. Sie erzählte von ihrem Sohn und dass er sie manchmal besucht. Sie bewunderte und lobte meine Haare und Augen – und das von einer Deutschen! Da ich mich beeilen und gehen musste, bat ich sie um ein erneutes Treffen.

An einem anderen Tag habe ich einen Kuchen für sie gebacken und vorbeigebracht. Sie erlaubte mir, in ihre Wohnung zu gehen. Wir haben zusammen Tee getrunken und Kuchen gegessen. Es hat mir sehr gefallen.

Obwohl ich selten verstand, was sie sagte, genoss ich die Momente, in denen ich nicht allein war und mit ihr kommunizieren durfte.

همسایۀ مجتمع ساختمانی

من می‌خواهم اولین خاطرۀ پس از مهاجرتم به آلمان را برایتان بازگو کنم. یک روز بعد از ورود ما به خانۀ جدید، من در ساختمان با یک خانم آلمانی روبه‌رو شدم. با اینکه شنیده بودم آلمانی‌ها تمایل زیادی به برقراری ارتباط با خارجی‌ها و به‌طورکلی غریبه‌ها ندارند، اما این برخورد با شنیده‌های من بسیار متفاوت بود. او تاحدی مرا یاد مادربزرگم می‌انداخت.

همینکه چشمم به او افتاد، سلام کردم و خودم را این‌طور معرفی کردم: «سلام! اسم من مریم است. من اهل ایران هستم و با همسرم در این ساختمان زندگی می‌کنیم و همسایۀ جدید شما هستیم». او هم خودش را معرفی کرد و برخورد بسیار گرمی با من داشت. او شروع به صحبت کرد اما من به‌خاطر لهجۀ غلیظ زاکسنی‌اش چیز زیادی از حرف‌های او نمی‌فهمیدم. با این‌حال فهمیدم که دربارۀ پسرش حرف زد و گفت که پسرش گاهی به او سر می‌زند. دست آخر هم از موها و چشم‌های من تعریف کرد! برای من بسیار جالب بود که چنین تعریفی را از یک آلمانی می‌شنیدم. آن روز چون عجله داشتم خداحافظی کردم و از او خواستم که بعداً یکدیگر را ملاقات کنیم.

چند روز بعد کیکی پختم و برایش بردم. او به من تعارف کرد که وارد آپارتمانش بشوم. با هم چای نوشیدیم و کیک خوردیم و هردو لذت بردیم. گرچه من همۀ حرف‌های او را نمی‌فهمیدم، اما از اینکه تنها نبودم و می‌توانستم با او در ارتباط باشم احساس بسیار خوبی داشتم.

M. Asa (Iran) wurde 1994 in Mashhad geboren. Sie studierte Stadtplanung und hat einen Masterabschluss. Im Iran hat sie als Grafikdesignerin gearbeitet. 2019 ist sie nach ihrer Heirat nach Deutschland ausgewandert, weil ihr Mann in Dresden Student war. Zurzeit lernt sie Deutsch, damit sie in ihrem Studienbereich arbeiten kann. Ihre Hobbys sind Malen, Kochen, Lesen, Sport und Fotografie.

Illustriert von Antje Dennewitz

KURZ NACH DEM EINZUG VOR UNSEREM HAUS.
SIE ERINNERT MICH AN MEINE GROßMUTTER.
HALLO.
OH, WIE SCHADE DASS ICH SO ALLEIN BIN...
ICH WAR IN EILE...
ICH VERMISSE MEINE GROßMUTTER.
ES IST SO SCHWER HIER MIT JEMANDEM IN KONTAKT ZU KOMMEN.
EIN PAAR TAGE SPÄTER IM HAUSFLUR.
... DU HAST SO SCHÖNE LANGE SCHWARZE HAARE UND SCHÖNE AUGEN!
ICH BIN ELISABETH UND WOHNE IM 3. STOCK.
ICH HEIßE M. ICH KOMME AUS DEM IRAN UND WOHNE MIT MEINEM MANN IM 1. STOCK.
MASHAD
ZUCKER
Mehl
Öl
من مدت دو ماه است که به
کشور آلمان آمده ام. *
* ICH BIN SEIT 2 MONATEN IN DEUTSCHLAND.
Antje Dennewitz

Jobcenter Dresden

Eines schönen Tages hatte ich einen Termin im Jobcenter. Wie üblich, war die Schlange dort unendlich lang, sodass ich während des Wartens alle möglichen Dinge zählte und schließlich sogar ein kleines Nickerchen machte. Als ich durch einen Traum meine Nummer hörte, sprang ich glücklich auf. Nervös sortierte ich noch einmal die Dokumente und wiederholte auf dem Weg zum Büro wie ein Papagei immer wieder die zurechtgelegten Sätze. Meine großartige Taktik war, immer zu lächeln und wenn ich etwas nicht verstand, einfach zu nicken. Eine höfliche Stimme bat mich, einzutreten. Sofort begann mich mein Berater zu verunsichern, indem er mich mit einem Redeschwall übergoss. Ich verstand nur die ersten drei Worte, dann verschmolzen die Töne miteinander. Mein Berater gab mir nicht die Möglichkeit, auch nur ein Wort zu erwidern. Nach seiner feurigen Rede fing er sofort an, Fragen zu stellen und machte mir damit noch mehr Angst. Am liebsten wollte ich mich in die Blume auf seinem Tisch verwandeln oder einfach im Boden versinken. Nach endlosen Nachfragen meinerseits ließ die Geduld des Beraters langsam nach. Er nahm mir die Dokumente aus der Hand und begann selbst, den Fragebogen auszufüllen. In dieser Stille wagte ich nicht, auch nur den Mund zu öffnen. Nach ein paar Minuten hob er seine müden Augen, lächelte mich unerwartet an, schüttelte meine Hand und wünschte mir einen schönen Tag. Ich flog förmlich heraus. Als ich mich langsam wieder entspannte, wurde mir plötzlich klar, dass das Ganze gut gelaufen war. Ich war stolz auf mich: Ich hatte alle Probleme gut gemeistert und war erfolgreich gewesen.

Центр трудоустройства в Дрездене

Эта история о том, как мне была назначена первая встреча в центре по трудоустройству города Дрездена. Первое, что меня там поджидало, это огромная очередь, в которой я, кажется, была под номером 12345… За время ожидания я посчитала количество стульев, людей, окон и даже немного поспала. Сквозь сон я услышала, что меня вызывают. Я бросилась вперёд, по пути проговаривая, словно попугай, заученные ещё дома немецкие фразы. Я ещё не успела войти в кабинет, как чиновник начал обстреливать меня словами, как из пулемёта. Я поняла лишь первые три фразы. Он тараторил, не давая мне возможности вставить хотя бы слово. По его интонации я поняла, что он задаёт вопросы. Мне стало страшно, хотелось провалится сквозь землю. Я просила его, на своём плохом немецком, говорить помедленнее. Он потеряв терпение, выхватил из моих рук документы и заполнил их сам. Я не решалась даже открыть рот, но при этом автоматически улыбалась. Он глянул на меня устало, улыбнулся в ответ, пожал мне руку и пожелал хорошего дня. Я вылетела стрелой из кабинета. Отдышавшись, я осознала, что все прошло хорошо и загордилась собой: Я молодец! Не умерла от страха и справилась! Из всего услышанного я поняла, что все в порядке и не стоит бояться подобных ситуаций. Чиновник улыбнулся и пожал руку – значит, мне все удалось. Если ты попал к хорошему человеку, то тебе повезло. Главное - улыбаться и почаще кивать головой.

Viktoriya Burlak (Kasachstan) wurde 1993 in der Republik Moldova, Stadt Kischinau, geboren. Ab 1996 lebte sie in Semipalatinsk, ab 2007 in der Stadt Semei. Von 2009 bis 2012 besuchte sie dort die Hochschule für Wirtschaft und Service an der Fakultät Werbe- und Kommunikationsdesign. Seit 2019 lebt sie in Dresden. Seit 2020 arbeitet sie in der »Lena Sky Eventagentur« Dresden als Videografin und Fotografin. Dies sind auch ihre Hobbys.

Illustriert von Alma Weber

JOBCENTER
12345
12345..
herein
NRBLARGHZHEITSCHH
SREIBLAWRDPFLICHT
SONDRK
schönen Tag!

Saunabesuch mit Fortsetzung

2014. Mist. Diagnose: Borreliose. Was konnte ich nun tun? Neben so einigen Empfehlungen las ich, Wärme soll helfen. So entschied ich mich an einem heißen Sommertag, noch eins draufzusetzen und zum Mittag in die Sauna zu fahren.

Am Ende war es ein Besuch mit unerwartetem Ausgang.

Auf der Treppe zur Sauna begegnete ich einem Mann in meinem Alter, welcher mich nach dem Weg zur Sauna fragte. Nach einer Weile traf ich ihn in einer der vielen Saunas wieder. Mit einem etwas mulmigen Gefühl im Bauch ließ ich mich auf ein Gespräch ein. Mulmig deshalb, weil wir uns nackt gegenübersaßen und dies kein gewöhnlicher Einstieg für ein Kennenlerngespräch war. Jedoch war er in seinen Erzählungen sehr ungezwungen und natürlich, sodass ich mich langsam für ein Gespräch öffnen konnte. Es stellte sich heraus, dass er aus Rumänien stammte, jedoch seit zehn Jahren in Dublin lebte und arbeitete und sich für ein Bauprojekt eine Weile in Dresden niedergelassen hatte. So unterhielten wir uns in Englisch, was eine ganz gute Basis ergab, da auch ich für ein Jahr in einem englischsprachigen Land gelebt hatte und die Sprache relativ gut beherrschte.

Wir unterhielten uns in der Sauna, dann draußen auf den Ruheliegen, dann wieder in der Sauna, danach für eine halbe Ewigkeit in einem schönen warmen Pool, und so ging es weiter, bis es schließlich draußen dunkel wurde und wir die Sauna erst kurz vor der Schließzeit verließen.

In der Zwischenzeit verstanden wir uns so gut, dass ich ihn im Auto mit nach Dresden nahm, da die Sauna etwas außerhalb lag.

Die Fortsetzung folgte. Wir verabredeten uns einige Male, solange er sich noch in Dresden aufhielt und später besuchte ich ihn in Dublin. Eine Beziehung entwickelte sich – sozusagen hüllenlos –, was mir doch eher ungewöhnlich für einen Beziehungsanfang erschien.

Juli Weg (Deutschland) wurde 1981 in Dresden geboren, studierte dort und arbeitete nach einem Auslandsjahr in Neuseeland anschließend als Physiotherapeutin. »Die Zeit in Neuseeland war sehr prägend für mein Leben. Zu sehen, wie Menschen auch anders in die Welt schauen und leben, anders als wir es hier in Deutschland tun.« Als Mutter von nun zwei Kindern hat sie zuletzt in der Umweltbildung und Möbelrestauration gearbeitet und ist gespannt, wie sich ihr beruflicher Weg nach der »Babyauszeit« weiter formen wird. Ihre Hobbys sind Zeichnen, Nähen, Keramik, Reisen und Wandern.

Illustriert von Rosa Brockelt

"SORRY, WO IST DIE SAUNA?"

"KANN ICH... ...KANN ICH DEINE NUMMER HABEN?"

ROSA BROCKELT

Das alte Mädchen

Während meiner beruflichen Tätigkeit im sozialen Bereich führte ich sehr viele Gespräche mit vielen Menschen, die teilweise auch akut in einer Notlage waren. Mit Menschen unterschiedlichster Herkunft, unterschiedlichem sozialen Status, Bildungsstand und verschiedenen Nationalitäten, die einen beruflichen Neuanfang suchten.

Meine Aufgabe war es unter anderem, den hilfsbedürftigen Menschen bei der Suche nach einer beruflichen Tätigkeit beratend zur Seite zu stehen. Im persönlichen Gespräch wurden die vorhandenen Stärken, berufspraktischen Erfahrungen und vorhandenen theoretischen Kenntnisse – aber auch berufsbezogene Defizite – herausgearbeitet. Anhand der vorliegenden Daten wurde dann gemeinsam abgeglichen, ob und in welchen offenen Stellenangeboten diese Kenntnisse, Fähigkeiten und Fertigkeiten nachgefragt werden. Außerdem erfolgte eine Beratung zu Hilfen bei einer Arbeitsaufnahme.

Meine Geschichte bezieht sich auf das erste Gespräch mit einem Syrer im mittleren Alter, der bereits über gute Grundkenntnisse der deutschen Sprache verfügte. Im Gespräch bemerkte ich, dass ihn etwas gedanklich stark beschäftigte. Er fragte mich dann im Anschluss, ob ich keine Kinder hätte.

Ich war etwas irritiert, da diese Frage in keinem Zusammenhang mit unserem Gespräch stand. Über das »alte Mädchen« musste ich ein wenig schmunzeln und erklärte dann, warum es üblich ist, dass auch etwas ältere Frauen arbeiten, erklärte in Grundzügen unser Sozialsystem und beantwortete weitere Fragen.

Er überlegte eine Weile und sagte, dass er schon oft darüber nachgedacht habe, bedankte sich bei mir für die Erklärungen und meinte, dass sie ihm helfen, jetzt Vieles besser zu verstehen.

Inge F. (Deutschland) wurde 1955 in Güstrow geboren. Aufgewachsen ist sie in einem Dorf in Mecklenburg. 1972 kam sie nach Dresden. Sie ist jetzt nach 45 Arbeitsjahren im Ruhestand. In den letzten 30 Jahren war sie im sozialen Bereich in einer Beratungstätigkeit beschäftigt. Mit Beginn ihres (Un-)Ruhestands verwirklichte sie eine Vielzahl ihrer Interessen und begann in einem Verein ein ehrenamtliches Engagement, unter anderem auch zur Stärkung der Lesekompetenz von insbesondere Kindern aus bildungsfernen und sozial benachteiligten Familien.

Illustriert von Nazanin Zandi

IM JOBCENTER
DARF ICH SIE FRAGEN: HABEN SIE KINDER?
WARUM FRAGT ER DENN SO WAS?
IST DOCH PRIVATE SACHE...
JA! ICH HABE KINDER!
IN MEINER HEIMAT MÜSSEN SO ALTE MÄDCHEN WIE SIE NICHT MEHR ARBEITEN... SIE BLEIBEN ZU HAUSE, BETREUEN DIE ENKELN, MACHEN DEN HAUSHALT... KOCHEN, WASCHEN... UND WERDEN VON IHREN ERWACHSENEN KINDERN VERSORGT...
NAZ ZAN NIN 2020
?
IN DIESEM LAND IST ES EBEN ANDERS. DA SIND MÄNNER & FRAUEN GLEICHBERECHTIGT. ES IST SELBSTVERSTÄNDLICH, DASS BEIDE ARBEITEN GEHEN KÖNNEN. FRAUEN SIND HIER STOLZ DARAUF, AUCH IN IHREM BERUF ANERKANNT ZU SEIN UND IHR WISSEN UND ERFAHRUNGEN WEITERZUGEBEN. ALLE DIE ARBEITEN ZAHLEN IN UNSER SOZIALSYSTEM EIN. ÄLTERE MENSCHEN UND NOT-LEIDENDE BEKOMMEN GELD ZUM LEBEN.
ÄHM... INTERESSANT... DAS HABE ICH NICHT GEDACHT, DASS ES SO IST...

Kulturelle Überraschungen

Als ich noch neu in Deutschland war, überraschte es mich, dass die Leute auf dem gleichen Gehweg keinen Augenkontakt mit mir aufnahmen. In Spanien war ich daran gewöhnt, in dem Gesicht fremder Leute ein höfliches Lächeln zu finden oder Augenkontakt zu haben. Ich denke, meine erste Einsamkeit in der Stadt verstärkte dieses Gefühl. Monate später, mit neuen Freunden aus Dresden, hat der deutsche Freund meiner tschechischen Freundin gefragt, was ich von Spanien vermissen würde. Ich antwortete: dieser freundlich-fremde Augenkontakt. Dann erzählte er mir von seinem letzten Besuch in Italien. Er war schockiert über die viele Gesten, die lauten Gespräche von Leuten im Café, die sogar vorbeilaufende Leute ausfragten. Er hatte auch in Italien mit höflicher Zurückhaltung gerechnet und die Herzlichkeit und Offenheit der Menschen so nicht erwartet. Dies brachte mich dazu, die Situation mit anderen Augen zu sehen und diese Geschichte als eine kulturelle Besonderheit und Überraschung zu schätzen.

Sorpresa cultural

Cuando todavía era nueva en Alemania, me sorprendía cómo la gente que andaba en la misma acera que yo, apenas mantenía contacto visual conmigo. En España estaba habituada a encontrar en la cara de los extraños una sonrisa amable o un intercambio de miradas. Creo que mi soledad en la ciudad acentuó este sentimiento. Meses después, ya con nuevos amigos de Dresde, el novio alemán de mi amiga checa me preguntó sobre qué echaba de menos de España. Le respondí que el contacto visual con los extraños. Entonces me contó sobre su último viaje a Italia. Había sido muy sorprendente para él la gran cantidad de gestos, las conversaciones a viva voz de la gente en los cafés, interpelando incluso a los viandantes. Él había esperado encontrar en Italia un ambiente más cohibido y no tanta calidez y naturalidad de la gente. Esto me hizo ver la situación con otros ojos y a atesorar esta historia como una sorprendente experiencia cultural.

Ella P. (Spanien) wurde bei Navarra geboren. Sie studierte Architektur und malt gerne in ihrer Freizeit. Seit 2016 wohnt sie in Deutschland. Seit 2019 nimmt sie an den Projekten »Frauen als Wandelsterne« und »LebensBILD. bioGrafische Begegnungen« teil. Ihre Hobbys sind im Architekturbüro arbeiten, Pflanzen, Sprachen und Malen.

Illustriert von Ella P. selbst (Comic-Kurs-Teilnehmerin)

KULTURELLE ÜBERRASCHUNG!
UND WAS VERMISST DU VON SPANIEN HIER?
NA JA, DIE LEUTE GESTIKULIEREN HIER KAUM
ALS ICH IN ITALIEN IM URLAUB WAR HABEN SIE EXTRA GESTIKULIERT!!!
KÖRPERSPRACHLICHE PERSPEKTIVEN

AnsichtsZIEHsache

Ende der 1970er Jahre war ich vier Jahre alt und lebte auf dem Dorf. Meine Mutter zog mir ein Kleid für den Kindergarten an. Sofort protestierte ich dagegen. Ich hasste diesen Rock und konnte die Mädchen nicht ausstehen, die immer mit ihren Puppen spielten.

Mein großer Bruder fuhr mich täglich mit dem Fahrrad in den Kindergarten. Ich hielt an diesem Tag meine Füße in die Speichen, damit er nicht treten konnte. Mutter verlor die Geduld und sperrte mich in den Keller. Ich zog mir den Rock aus und blieb solange bockig in Unterwäsche in dem dunklen Raum, bis meine Mutter einsah: Rock geht gar nicht. Von da an trug ich nur noch Hosen.

20 Jahre später lebte ich in Dresden und hatte gerade die Frauen für mich entdeckt. Ich trug Hemd und Jeans. Mit einer Freundin traute ich mich zu meiner ersten Gay-Party. Ich betrat den schummrigen Partykeller und sah Frauen in Karo-Hemden.

Sie tranken Bier, verhielten sich machohaft und hatten raspelkurze Haare.

Alle sahen aus wie Bauarbeiter. Ich war schockiert und beschloss, meinen Stil zu ändern. Ich war erfolgreich. Meine Frau lebt heute damit, dass mein Kleiderschrank quasi das Schlafzimmer ist, 90 Prozent des Schuhschranks mir gehören und sie sich den Rest mit dem Bügeleisen und den Schuhpflegemitteln teilen muss.

Anett Lentwojt (Deutschland) wurde in einem Dorf in Ostdeutschland geboren. Das Dorfkind Anett lebt seit 1994 in Dresden, entdeckte hier, dass die Frauen besser küssen und hat 2020 nach 16 Jahren ihre große Liebe geheiratet. Sie studierte Wirtschaftspädagogik, unterrichtete in Stuttgart, kehrte nach Dresden zurück, baute ein Stadtteilarchiv und ein Museum auf und arbeitet heute als Stadtführerin mit Leib und Seele. In ihrer Freizeit liest sie gerne, zeichnet Comics und unternimmt Radtouren.

Illustriert von Elena Pagel

Ende der 1980er Jahre war ich 4 Jahre alt und lebte auf dem Dorf.
Ich sage es noch mal: zieh den Rock an! ein Bruder bringt dich in den Kindergarten!
Ich will nicht! Doofer Rock!
KINDERGARTEN
Starker Sozialismus - sicherer Frieden!
Ich hasse diesen Rock!
Eh, spinnst du? Nimm die Füße aus den Speichen!
Ich will nur Hosen tragen, keine Mädchenkleidung!
Keller
Anett, du bleibst so lange im Keller, bis du den Rock anziehst!
Ich hab' s geschafft!
Bauarbeiter mit Karohemd?! Die Frauen sehen alle gleich aus!
Doofe Jeans und Karohemden ...
BAR
SAPPHO
20 Jahre später auf meiner ersten Gay-Party in Dresden
Anett, komm endlich! Wir verspäten uns!
Ich kann mich nicht entscheiden, welches Kleid und welche Schuhe ich zu der Party heute anziehen soll ...
Heute ist unser Schlafzimmer quasi mein Kleiderschrank. Ich liebe schöne Kleider. Meiner Frau gefällt es auch.
2020

Achtung: Straßenbahnkontrolle!

Eines Tages begab ich mich voller Aufregung zu meinem ersten Deutschkurs. Vorher hatte ich für alle Fälle ein Paar Phrasen für unerwartete Ereignisse auswendiggelernt. Ich saß in der Tram, und plötzlich kam ein Kontrolleur rein. Ich griff in meine Tasche, um nach meiner Monatskarte zu suchen und merkte, dass sie nicht da war. In diesem Moment wollte ich vor Scham im Erdboden versinken. Mir gegenüber saß eine Oma, die beobachtete, wie ich meine Taschen nach der Karte durchwühlte, und dabei geringschätzig ihren Kopf schüttelte. Panisch ging ich in meinem Kopf alle Varianten durch, wie ich mich mit dem Kontrolleur verständigen könnte. Da kam mir die Idee, den Google-Übersetzer zu nutzen. Hastig tippte ich die nötigen Wörter ein und bekam sofort das richtige Ergebnis. »Ich schaffe es«, dachte ich mir voller Freude. Da näherte sich der Kontrolleur auch schon und forderte mit furchterregender Stimme: »Ihren Fahrschein, bitte!« Mit dem geübten Gesicht eines Alleswissers antwortete ich: »Ich habe meine Fahrkarte zu Hause gefressen.« Wer hätte denn denken können, dass Technik einen SO im Stich lassen würde. Ich hatte das Wort »vergessen« mit dem Wort »gefressen« verwechselt. Die Verwirrung des Kontrolleurs verwandelte sich schnell in ein lautes Lachen, in welches dann auch die anderen Fahrgäste einstimmten. Er trocknete die Lachtränen in seinen Augen und sagte mir, dass er mir diesmal keine Strafe geben würde, dieser Trick jedoch nicht mehr ziehen würde, wenn er mich nochmal erwischt. Diese lustige Anekdote hinterließ einen lebhaften Eindruck von Dresden und Deutschland im Allgemeinen bei mir.

Внимание: проверка билетов в трамвае!

В этот день я с волнением отправилась на свои первые курсы по немецкому языку. На всякий случай выучила дома пару немецких фраз для непредвиденных ситуаций. Еду в трамвае, и тут вдруг заходит контролёр. Ищу в кармане проездной и внезапно обнаруживаю, что его там нет. В этот миг мне очень захотелось провалиться сквозь землю от стыда. Напротив меня сидела бабулька, которая наблюдая за моими действиями поисков билета по карманам, с осуждением покачала головой. В панике я начала перебирать варианты, как я буду объясняться с контролёром. Решила воспользоваться гуглом для поиска перевода. Второпях набираю нужные мне слова и незамедлительно получаю необходимый перевод. «Я все смогу!» - приходит в голову радостная мысль. Тут работник транспорта приближается ко мне и страшным голосом вопрошает: «Ваш билет, пожалуйста!» Я отвечаю с лицом опытной всезнайки: «Ich habe Karte zu Hause gefressen!» (перевод с нем. «я сожрала билет дома»). Ну кто же знал, что техника может ТАК подвести... Я перепутала слово «vergessen» (забывать) со словом «gefressen» (сожрать). Недоумение контролёра быстро переросло в хохот, к которому присоединились и другие пассажиры. Он утер мокрые от смеха глаза и сказал, что в этот раз меня штрафовать не станет. Но если я снова попадусь, то шутка больше не пройдет. Это забавная история оставила яркое впечатление о Германии и о Дрездене в целом.

Viktoriya Burlak (Kasachstan) wurde 1993 in der Republik Moldova, Stadt Kischinau, geboren. Ab 1996 lebte sie in Semipalatinsk, ab 2007 in der Stadt Semei. Von 2009 bis 2012 besuchte sie dort die Hochschule für Wirtschaft und Service an der Fakultät Werbe- und Kommunikationsdesign. Seit 2019 lebt sie in Dresden. Seit 2020 arbeitet sie in der »Lena Sky Eventagentur« Dresden als Videografin und Fotografin. Dies sind auch ihre Hobbys.

Illustriert von Xenia Gorodnia

WIE MEIN ERSTER DEUTSCHKURS WOHL SEIN WIRD?
OB MEIN ENKEL WIEDER ZU SPÄT KOMMT?
FAHRKARTEN BITTE!
OH NEIN! ICH HABE SIE VERGESSEN! WIE SAGE ICH DAS AUF DEUTSCH NOCH MAL?
EINDEUTIG EINE SCHMAROTZERIN NEBEN MIR...
RUSSISCH ⇄ DEUTSCH
Я ЗАБЫЛА СВОЙ ПРОЕЗДНОЙ ДОМА
ICH HABE MEINE FAHRKARTE ZUHAUSE VERGESSEN
ICH HABE MEINE FAHRKARTE ZUHAUSE GEFRESSEN.
?!
WOW!
MEGA...
MHMH... SO LECKER, DIESE DRESDNER FAHRKARTEN...
FAHRKA
ICH VERZEIHE IHNEN, ABER WENN ICH SIE EIN ZWEITES MAL ERWISCHE, HILFT DER WITZ NICHT MEHR.
XENIA GORODNIA

Die Abenteuer eines kleinen grünen Rucksacks

Eines schönen Sonntags ging ich mit meinem Sohn Robert in den Park. Das klare, sonnige Wetter versprach uns einen schönen Spaziergang. Ich hatte Essen für ein Picknick eingepackt. Mein Sohn packte das geliebte Lego, von dem er sich niemals trennte, in seinen kleinen grünen Rucksack. Wir saßen in der Tram 4, redeten die ganze Fahrt über und verpassten beinahe unsere Haltestelle. Lachend sprangen wir im letzten Moment raus. Alles ging so schnell, und wir bemerkten nicht sofort, dass wir den Rucksack in der Tram vergessen hatten. Roberts Laune fiel sofort auf Null, er weinte fast. Sein Tag war ruiniert. Im Rucksack war sein geliebtes Lego! All dem zum Trotz überredete ich meinen Sohn, erstmal kurz in den Park zu gehen und danach im Fundbüro anzurufen. Er war so traurig, dass weder der Spaziergang noch das Eis oder andere Süßigkeiten in der Lage waren, seine Laune zu bessern. Sein kleines Kinderherz war gebrochen. Ich entschloss mich, doch noch zur Tramhaltestelle zu gehen, um die Fahrer zu fragen, ob nicht vielleicht doch jemand unseren Rucksack gefunden hatte. Aber alles wurde erschwert dadurch, dass ich schlecht deutsch sprach, da unsere Familie erst vor Kurzem nach Deutschland gekommen war. Mit Mühe meine Wörter wählend und gestikulierend, erklärte ich dem Fahrer das Problem. Er verstand sofort, reagierte schnell und rief irgendwo an. Zehn Minuten später fuhr auf der gegenüberliegenden Haltestelle dieselbe Tram ein, in der wir den Rucksack vergessen hatten, und – oh Wunder! – hinter der Fensterscheibe der Fahrerkabine lag unser grüner Schatz. Lächelnd überreichte uns der Fahrer den Rucksack. Die Freude meines Kindes war grenzenlos. Er sagte zu mir: »Mama, ich bin stolz auf dich!«

Приключение зелёного рюкзачка

Как-то воскресным днём я со своим сыном Робертом отправилась погулять в парк. Яркое солнце обещало нам прекрасную прогулку. Я приготовила еду для пикника. Сын упаковал в зелёный рюкзачок своё любимое лего, с которым он никогда не расставался. Мы сели в трамвай номер 4, по дороге болтали и чуть было не проехали свою остановку. Смеясь, выскочили в последний момент. Всё произошло так быстро, что мы не сразу заметили, что оставили рюкзачок в трамвае. Настроение у Роберта тут же снизилось до нуля, он почти плакал. День был испорчен. В рюкзаке осталось его любимое лего! Несмотря на это, я уговорила сына пойти ненадолго в парк, после чего уже сходить в бюро находок. Он так загрустил, что ни прогулка, ни мороженое, ни сладости не смогли поднять его настроение. Его сердце было разбито. Я решила всё-таки пойти к трамвайной остановке и спросить у водителей, может быть, кто-нибудь находил наш рюкзак. Но всё осложнялось тем, что я плохо говорила по-немецки, так как наша семья недавно переехала в Германию. С трудом подбирая слова и жестикулируя, я объяснила водителю проблему. Он понял, среагировал быстро и позвонил куда-то. Через 10 минут на противоположную остановку подъехал тот самый трамвай, в котором мы забыли рюкзачок. И, о чудо! Мы увидели что за стеклом, в кабине вагоновожатого, лежало наше зелёное сокровище! Водитель улыбаясь протянул нам рюкзак. Счастья ребёнка не было предела. Он сказал мне: «Мама, я тобой горжусь!»

Milla N. (Russland) wurde 1979 in Kaluga geboren und studierte Chemie an der Staatlichen Universität Moskau. Sie wohnt seit 2019 in Dresden. Sie arbeitet als organische Chemikerin. In ihrer Freizeit zeichnet sie gerne. Im Moment absolviert sie einen C1-Deutschkurs. Sie ist froh, am Kurs teilnehmen zu können und dort freundliche Leute kennenzulernen.

Illustriert von Annette von Bodecker

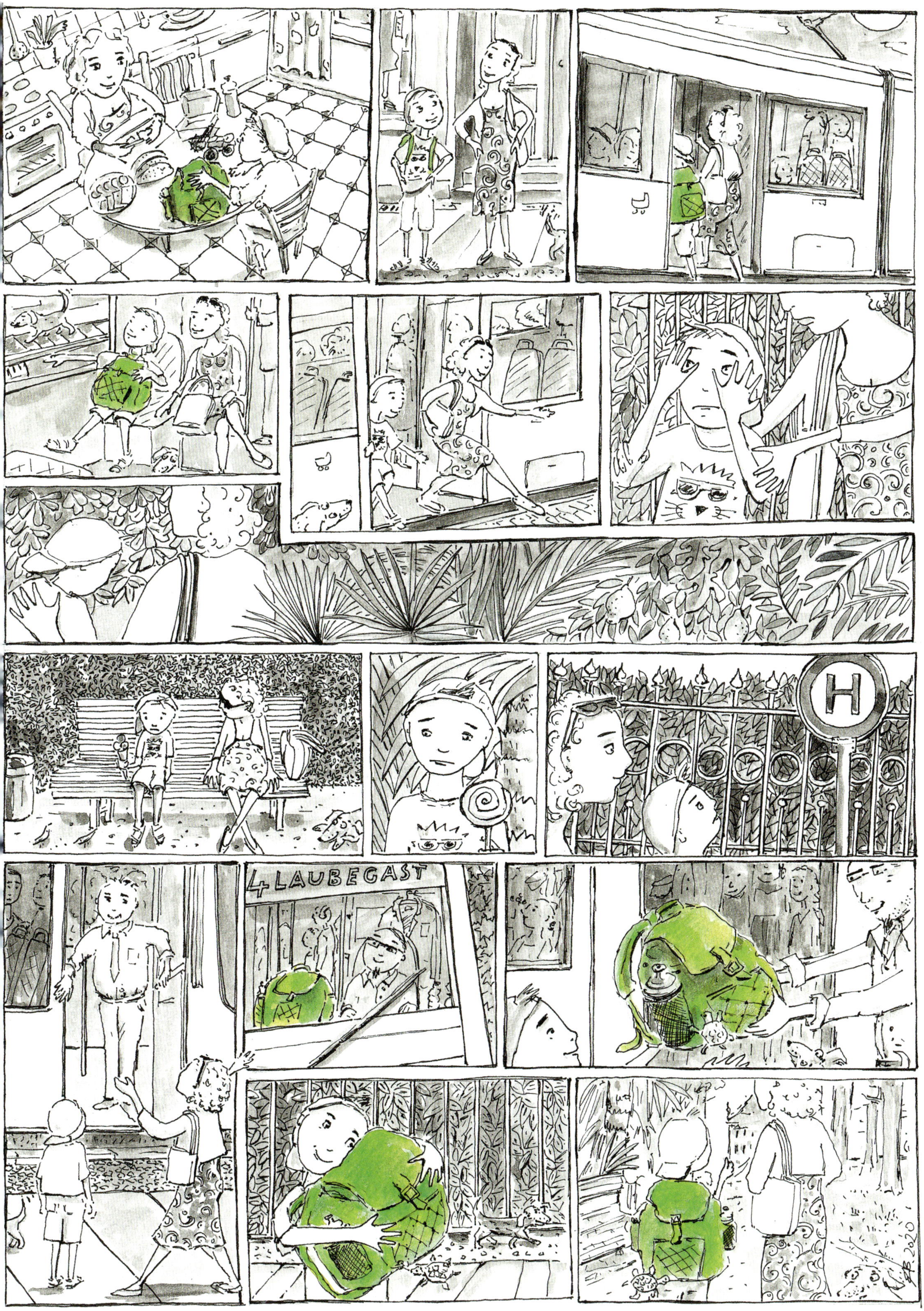
H
4 LAUBEGAST

Ein kurzer Abstecher

April 2012: Ich lebte seit circa einem Jahr in Dresden und studierte an der TU Dresden. Ich war an dem Tag schon seit dem frühen Morgen unterwegs und wollte eigentlich so schnell wie möglich nach Hause gehen, als ich eine Freundin auf der Alaunstraße traf. Sie sagte zu mir »Rosa! An der Ecke spielt gerade eine richtig tolle Band, du musst unbedingt hingehen. Ich bin mir sicher, sie wird dir gefallen.« Na gut, ganz kurz – dachte ich.

Ich kam an und war sofort begeistert: Ein Sänger, ein Keyboarder, ein Gitarrist und ein Perkussionist saßen auf der Straße und machten Musik. Um sie herum saßen vielleicht 40 bis 50 Leute. Ich konnte nicht mehr weg. Ich hörte ihnen zu, bis sie aufhörten – und blieb noch länger. Wie immer in der Dresdner Neustadt, kannte ich jemanden, der jemanden kannte, und kurz darauf hatte ich die ganze Band kennengelernt. Wir standen da und quatschten, die Leute um uns herum fingen an, nach Hause zu gehen, doch ich blieb. Erst um fünf Uhr morgens, als der Himmel langsam wieder hell wurde, ging ich endlich nach Hause.

Seit dem Abend sind inzwischen einige Jahre vergangen, die Band kenne ich aber noch heute: Der Sänger ist ein guter Freund und der Keyboarder seit mehreren Jahren mein Partner. Alles in allem bin ich sehr froh, damals noch kurz am »Assi-Eck« vorbeigeschaut zu haben.

Un salto veloce

Aprile 2012: era quasi da un anno che abitavo a Dresda e studiavo alla TU Dresden. Quel giorno ero in giro dalle prime ore del mattino e volevo tornare a casa il prima possibile, quando incontrai un'amica sulla Alaunstraße. Mi disse «Rosa! All'angolo sta suonando un gruppo fantastico, devi assolutamente andarci. Sono sicura che ti piaceranno». Va bene - mi dissi - faccio un salto veloce.

Arrivai e fui subito entusiasta: un cantante, un pianista, un chitarrista ed un percussionista stavano seduti in strada e suonavano. Intorno a loro c'erano 40-50 persone. Non potei più andarmene. Rimasi ad ascoltare fino alla fine, e rimasi anche più a lungo. E come spesso accade nella Neustadt, conoscevo qualcuno che conosceva qualcun altro e poco dopo feci conoscenza con i musicisti. Rimasi lì a chiacchierare, le persone intorno a noi cominciarono ad andarsene, ma io rimasi ancora. Solo alle cinque del mattino, quando il cielo cominciò a schiarirsi, me ne andai finalmente a casa.

Sono passati ormai diversi anni da quella sera, ma la band la conosco ancora: il cantante è un mio caro amico e il pianista è il mio compagno da vari anni. In fin dei conti sono molto felice che quel giorno io abbia fatto un salto veloce all'Assi-Eck.

Rosa Brockelt (Italien/Deutschland) wurde in Italien geboren. Sie ist dort aufgewachsen, kam 2011 für ein Masterstudium in Germanistik nach Dresden und lebte zwischendurch ein knappes Jahr im Iran. Nach ihrer Rückkehr nach Dresden entschied sie sich, sich ihrer Leidenschaft zu widmen: dem Zeichnen und der Illustration. Sie wirkt seit 2018 in verschiedenen Kunst- und Kulturprojekten mit und arbeitet unter anderem seit Anfang 2020 für die Dresdner Künstlerin Nazanin Zandi.

Illustriert von Liane Hoder

ROSA, an der ECKE spielt eine tolle BAND.

Geh HIN, ich bin mir sicher, sie werden DIR gefallen.

Sie hatte RECHT ich blieb bis sie fertig wurden und SPRACH sie an.

... ich blieb bis 4:00 Uhr morgens ..

6 JAHRE später, die MUSIKER kenne ich immernoch, der KEYBOARDER ist seit 5. Jahren mein PARTNER

Vom Ballett zur Liebe

Es geschah an einem Sonntag im sonnigen Sommer des Jahres 2010. Im Dresdner Zwinger fanden die Sommerfestspiele der klassischen Musik statt. In diesem Jahr kam ich als Touristin aus St. Petersburg, um mir die Musicals des berühmten Meisters George Gershwin anzuhören und die Ballettszenen zu sehen. Das Konzert war rappelvoll. Unter den Zuschauern war auch Andreas, mein späterer Ehemann, der mich schon von Weitem bemerkte und im Laufe des gesamten Konzerts nicht aus den Augen ließ. Ich stand an der Säule, ganz von der Musik bezaubert und bemerkte niemanden. Nach dem Konzert ging ich zum Ausgang. Unerwartet holte mich ein Mann ein, der völlig außer Atem war. Vor Aufregung hustend, versuchte er, mir etwas zu sagen. Als ich ihn ansah – so lang und ungeschickt – dachte ich mir nur: »Was ist das für ein verrückter Deutscher! Was will er bloß von mir?« Plötzlich schaute mir Andreas mit seinem leuchtenden Blick in die Augen und fragte mich, ob ich mit ihm ein Eis essen möchte. Ich war einverstanden. Ich hatte etwas Freizeit, und außerdem wollte ich mein Deutsch ein wenig üben. Wir gingen Eis essen und lernten uns besser kennen. Am 1. Juli 2011 heirateten wir in Dresden. Im selben Jahr kam kurz vor Weihnachten unser Sohn Alexander zur Welt.

От балета до любви

Это произошло в воскресенье солнечным летом 2010 года. В Дрезденском Цвингере проходил летний фестиваль классической музыки. В тот год я, туристка из Санкт-Петербурга, пришла туда, чтобы послушать мюзиклы известного мастера Джорджа Гершвина и посмотреть сцены из балета. На концерте было полно зрителей. В том числе там был и Андреас, мой будущий муж, который издалека уже приметил меня и в течении всего концерта наблюдал за мной. Я стояла у колонны, очарованная музыкой и не замечала никого. После концерта я пошла на выход. Неожиданно меня догнал запыхавшийся мужчина. Закашлявшись от волнения, он попытался мне что-то сказать. Увидев его, такого длинного и нелепого, беспрестанно кашляющего, я подумала: «Что это за сумасшедший немец? Что ему от меня нужно?». Внезапно Андреас посмотрел глубоко в мои глаза своим сияющим взглядом и спросил, не хочу ли я с ним пойти поесть мороженое. Я согласилась. У меня было свободное время, также заодно мне хотелось пообщаться на немецком. Так мы отправились есть мороженое и познакомились поближе. В 2011 году 1 июля мы отпраздновали нашу свадьбу в Дрездене. В этом же году перед Рождеством родился наш сын Александр.

Tatiana Korneva (Russland) wurde in St. Petersburg geboren, studierte Deutsch und Englisch an der Universität in Vologda und arbeitete als Fremdsprachenlehrerin in St. Petersburg. 2010 lernte sie ihren Mann in Dresden kennen. Seit 2011 lebt sie hier, hat einen Sohn, arbeitet als Nachhilfelehrerin und Kulturmittlerin und nimmt gerne an verschiedenen internationalen und lokalen Projekten mit Migrantinnen und Migranten teil.

Illustriert von Alma Weber

Es war an einem schönen Sonntag im sonnigen Sommer 2020...

WARTEN SIE!

MÖCHTEN SIE...
KEUCH...

VIELLEICHT MIT MIR EIN EIS ESSEN?

Dann gingen sie zusammen ein Eis essen und alles begann.

Banknachbarinnen

Als ich 16 Jahre alt war, musste ich die Schule wechseln, um das Abitur zu machen. Die Klasse wurde neu zusammengestellt. Ich fühlte mich fremd unter den vielen neuen Mitschülerinnen und setzte mich spontan neben ein blondes Mädchen, das mir sympathisch vorkam. Sie hieß Annett und war fortan meine Banknachbarin. Wir hätten unterschiedlicher kaum sein können: sie äußerst ordentlich und strukturiert, mit einer schönen Handschrift und sehr ruhig. Ich wild, bunt und mit Chaos auf dem Tisch und im Kopf. Mit ihren Mitschriften konnte ich wunderbar lernen, und wir konnten ausgelassen diskutieren. Nicht nur über die Schule, sondern über ALLES. Und so ist es bis heute geblieben. Sie ist meine älteste Freundin und Banknachbarin im wahrsten Sinne des Wortes: Meistens sitzen wir auf irgendeiner Bank im Park, an der Elbe, am See oder bei mir im Hof. Die Themen gehen uns nie aus.

Sylvia F. (Deutschland) wurde in Dresden geboren. Sie studierte Regie für Musiktheater und Bildregie in Berlin und Straßburg. Nach langjähriger Tätigkeit für das Musiktheater engagiert sie sich seit 2014 in den Bereichen barrierefreie Sprache, Imagefilme und Öffentlichkeitsarbeit für einen Wohlfahrtsverband. Außerdem arbeitet sie als Dozentin in diesen Fachgebieten.

Illustriert von Daniela Veit

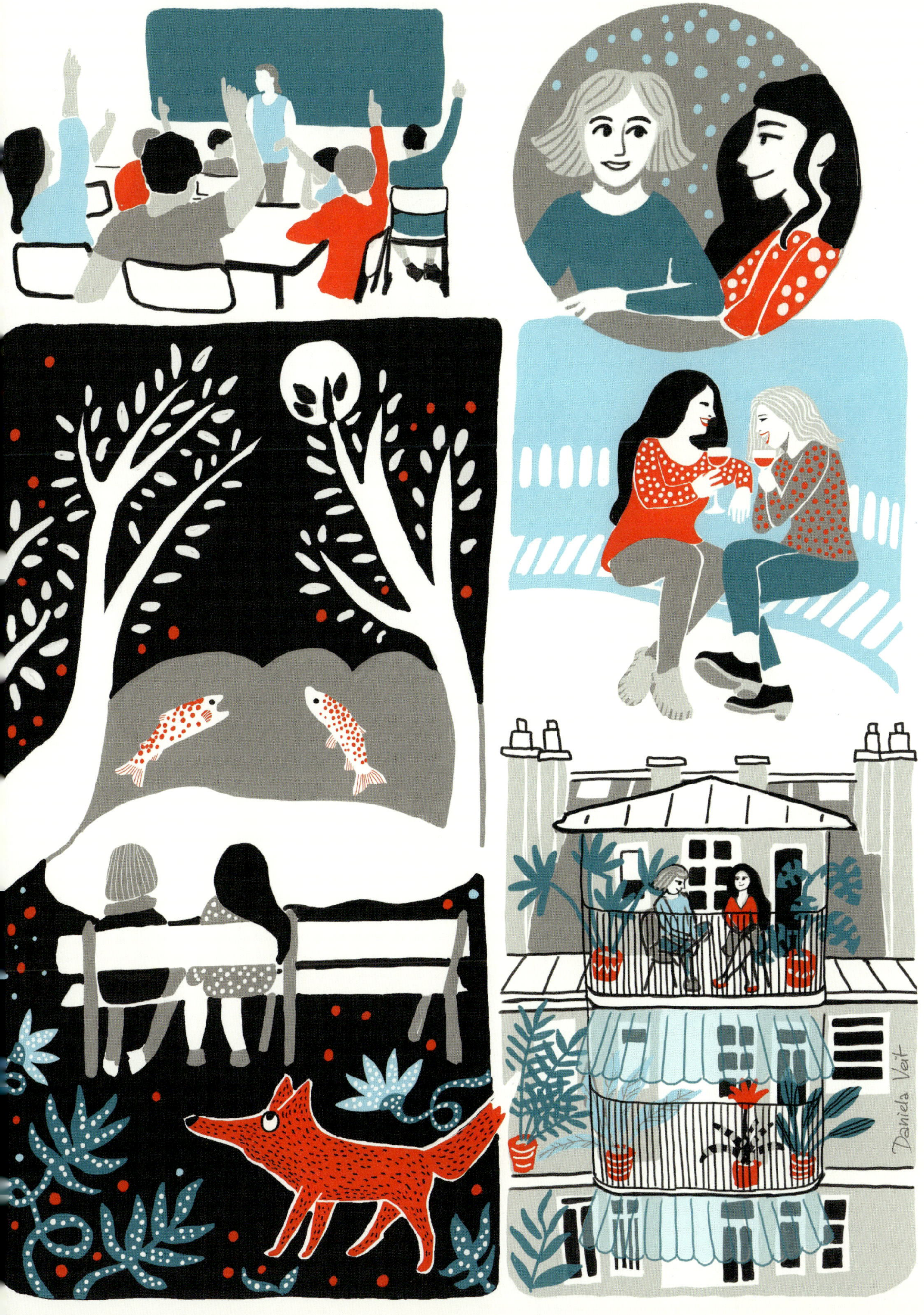
Daniela Veit

Übers interkulturelle Projekt
»LebensBILD. bioGrafische Begegnungen«

Das Projekt »LebensBILD. bioGrafische Begegnungen« ermöglichte es im zweiten Halbjahr 2020, über kulturelle und künstlerische Bildung die Dresdner Stadtgesellschaft aktiv und gleichberechtigt mitzugestalten. In diesem Projekt regten Illustratorinnen und Künstlerinnen die Teilnehmerinnen an, sich zu erinnern und ihre Lebensmomente zu illustrieren. Beim Teilen der Lebensgeschichten wurden Gemeinsamkeiten entdeckt und der gesellschaftliche Zusammenhalt gefördert. Der künstlerische Zugang zu den vielfältigen Lebensentwürfen und Erfahrungen der Menschen in Dresden erfolgte in kreativen und interaktiven Veranstaltungen.

Das Projekt bestand aus 19 Atelierworkshops, 44 Tandemsitzungen, sieben Begegnungscafés und vier Biografie-Workshops.

In Atelierworkshops öffneten jeweils 19 Illustratorinnen bzw. Künstlerinnen aus Dresden ihre Ateliers und zeigten den Teilnehmenden ihre Kunst, ihre Arbeitstechnik wie auch ihre eigene Biografie und ihren Weg zur Künstlerin. Im Anschluss konnten die Teilnehmerinnen den persönlichen Stil der Illustratorin oder Künstlerin kennenlernen und in eigenen Illustrationen umsetzen.

In monatlichen Begegnungscafés in den Räumen der Kooperationspartner luden die Illustratorinnen und Künstlerinnen zu Gesprächen über die Bedeutung von freier Kunst ein. Dies geschah anhand von Themen – angelehnt an wahre Geschichten – wie Kindererziehung, erste Liebe, Frauenrechte und Patriarchat. Die lebhaften Diskussionen zeigten, wie das Sprechen über ermächtigende, schmerzhafte oder wundervolle Erfahrungen die Menschen öffnet.

Die erzählten biografischen Erlebnisse verdeutlichten auch etliche Gemeinsamkeiten der Menschen in Dresden – ganz gleich welcher Herkunft.

Außerdem konnten unsere Teilnehmerinnen Momente aus ihrem Leben in monatlichen Biografie-Workshops kreativ umsetzen und eigene Bilder, Skizzen oder Comic-Sequenzen illustrieren. Die Künstlerinnen und Illustratorinnen vermittelten zum Beispiel Grundlagen des Comic-Zeichnens und Methoden des Storytellings. Erzählen und Zuhören waren so intensiv, dass die zwei Stunden im Workshop oft als viel zu kurz empfunden wurden.

In Tandemsitzungen tauschten sich je eine Illustratorin und eine Teilnehmerin über ihr Leben aus, sprachen über einen besonderen biografischen Moment der Teilnehmerin und setzten diesen grafisch um. Es wurden Originalfotos aus der Kindheit und Originaldokumente durchgesehen, viel recherchiert und gemeinsam entschieden. Im Anschluss zeichneten die Illustratorinnen und Künstlerinnen professionelle Comicseiten, die jetzt in diesem Buch veröffentlicht wurden.

Die Teilnehmenden lernten durch all diese Veranstaltungen verschiedene Stadtteile Dresdens sowie verschiedene soziale Einrichtungen kennen.

»LebensBILD. bioGrafische Begegnungen« verdeutlicht das immense Potenzial von Kunst: Kunst öffnet die Herzen der Menschen und bringt sie zum Erzählen.

Das anschließende Buchprojekt »Frauenstimmen in Bildern« versteht sich als ein künstlerisches Statement für eine offene, tolerante Gesellschaft, als Beitrag zur politischen Bildung und somit auch als Antidiskriminierungsmaßnahme. Es fördert die Integration und die soziale Einbettung der Teilnehmerinnen und will der Ausgeschlossenheit vieler Frauen in der Gesellschaft kreativ begegnen. Es wird ein wichtiger Beitrag für Integrationsarbeit an Schulen, mit Kindern und Jugendlichen und stellt Dresden über die Landesgrenzen hinaus als offene, lebendige Kulturstadt vor.

Auf den folgenden Seiten sind Originalzeichnungen von den Comic-Kurs-Teilnehmerinnen zu den hier veröffentlichten Geschichten zu sehen.

Mahsa Alizadeh: Die Eselsangst

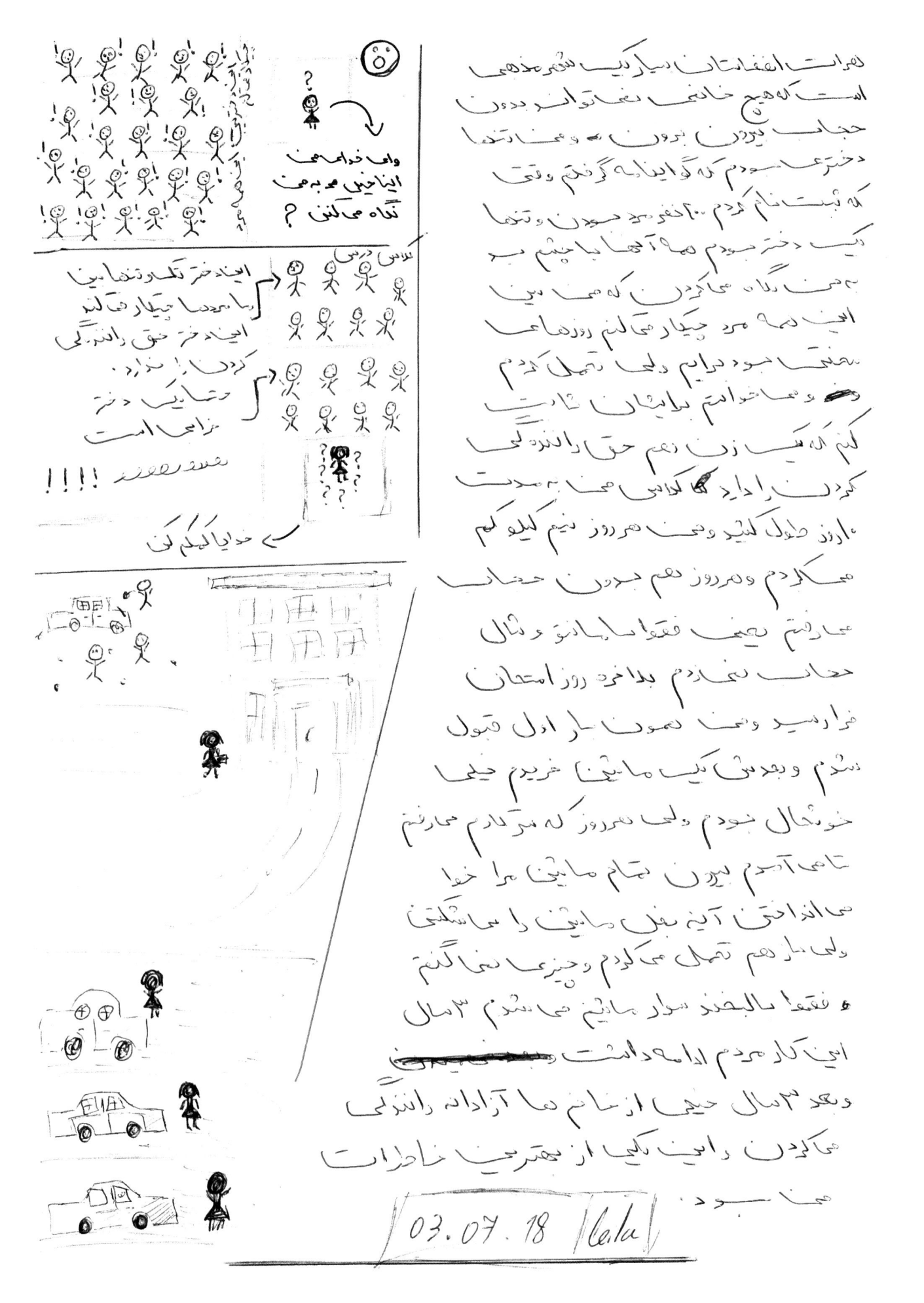

هرات افغانستان دیار کیست شهر مذهبی است که هیچ خانمی نمیتواند بدون حجاب بیرون برود من وقتی دختر ۱۵ ساله بودم که گواینامه گرفتم وقتی که بیستم شدم ۲۰ ساله بودم و تنها کیک دختری بودم که آمدم یاد بگیرم در همان زمان هم کردن که همه این اینه دمه هر بیار هم کلم روزهای جمعه میرفتم و درایم ولی تمبل کردم و همه میخواستم ایمان بیاران شارت کنم که کسی زن نمی حق رانندگی کردن را دارد کلاسی من بمدت ۹ روز طول کشید و من هر روز نیم کیلو کم میکردم و هر روز هم بدون حجاب میدادم بعضی فتواستاباده و بشال حجاب نیمدم بلاخره روز امتحان فرا رسید و من نمودن بار اول قبول شدم و بعدش کیک ماشین خریدم خیلی خوشحال بودم ولی هر روز که میکردم میرفتم تا می آمدم بیرون تمام ماشین هرا خط می انداختن آیه بغل ماشین را ماشکنی ولی بار هم تمیل میکردم و چیزی نمی گفتم و نقطه بالبخند سوار ماشین میشدم ۳ سال این کار هردم ادامه داشت وبعد ۳ سال حیی از نامه ما آزادانه رانندگی میکردن و این کیی از بهترین خاطرات من بود

03.07.18 Leila

Leila Seied: Die Geschichte meines Führerschein

Angela: Endlich Fasching

① When I was a little kid I used to have a nightmare!

② In my nightmare, I was with my little brother, alone in the city I lived...

③ Suddenly two human/wolves would see us, they had wolf head and human body and they were so tall!

④ In my nightmare me and my brother would run everywhere and they would chase us!

⑤ I remember I would think in my nightmare, if only I could drive a car I would escape them for ever!

⑥ And now I can drive a car and I don't have that nightmare anymore!

Alaleh 14.06.18

Alaleh Mirhajivarzaneh: Die gigantischen Wolfsmänner

Viktoriya Burlak: Achtung: Straßenbahnkontrolle!

Anett Lentwojt: Disaster-Date

Anna Anzelini: Damals, als das Plüschtier seinen Kopf verlor

Christiane Zeidler: Kater Peter, der Leibhaftige

Angela: Im Laufstall

Die Illustratorinnen

Alma Weber (DEU)
filmweberei.de

Alma Weber ist freischaffende (Trick-)Filmerin und Illustratorin. Außerdem setzt sie sich leidenschaftlich gerne mit Musik und queer:feministischen Themen auseinander. 2019 schloss sie ihr Studium der Visuellen Kommunikation an der Kunsthochschule Kassel mit Auszeichnung ab. Seitdem lebt und arbeitet sie in Dresden. Sie ist Teil des Trickfilmer:innen-Kollektivs sticky frames und spielt Schlagzeug in den Bands gránátèze und The Shna.

*Jeder Mensch ist eine Künstlerin.
(frei nach Beuys)*

Anja Maria Eisen (DEU)
anja-maria-eisen.de

Anja Maria Eisen hat an der Burg Giebichenstein in Halle an der Saale, wo sie auch aufgewachsen ist, und an der Hochschule für Bildende Künste in Dresden studiert. Nach ihrem Diplom begann sie, als freie Bühnen- und Kostümbildnerin an verschiedenen Theatern zu arbeiten. 2001 und 2002 kamen ihre beiden Söhne zur Welt, und sie fing an, als Illustratorin die Welt mit Bildern in Zeitschriften, Magazinen, Büchern und Museen zu bereichern. Seit 2014 unterrichtet die Künstlerin TriYoga und liebt es, Körper- und Kreativarbeit zu verbinden.

Ich vertraue den ersten Ideen, dem Flow und den Patzern.

Anne Ibelings (DEU)
illustrakt.de

Anne Ibelings wurde 1982 in Bielefeld geboren und studierte in Münster Kommunikationsdesign mit dem Schwerpunkt Illustration. Seit 2009 lebt sie als freie Illustratorin in Dresden, hat unter anderem Kinder- und Sachbücher mitgestaltet, die in mehrere Sprachen übersetzt wurden, ist Mitbegründerin des Pappschattira Schaukastentheaters und betreibt zusammen mit ihrer Atelierkollegin Nazanin Zandi die Zeichenmaschine Malomat. In ihrem Gemeinschaftsatelier gibt sie zudem Kurse für Kinder und Erwachsene. Wenn sie nicht zeichnet, ausschneidet, klebt oder koloriert, ist sie gern im Grünen oder backt Torten, garniert mit essbaren Blüten.

Meine Intention ist es, Papierwelten zu schaffen, die die Menschen, Groß und Klein zugleich, verzaubern und im besten Fall inspirieren.

Anne Rosinski (DEU)
anne-rosinski.de

Anne Rosinski lebt und arbeitet als Künstlerin in Dresden. Seit 2012 bestehen die Mitgliedschaften im Landesverband Künstlerbund Dresden e.V. und im Bundesverband BBK. Ihre künstlerische Arbeit ist geprägt durch diverse Studiengänge bei Prof. Sonnewend seit 2017. Außerdem ist sie Geschäftsführerin des Therapiezentrum Radebeul Ost GmbH im Bereich Marketing. Grundlage sind die Berufsabschlüsse zur Ergotherapeutin und zur Gestaltungstechnischen Assistentin. Seit 2021 bietet sie als Resilienztrainerin vor allem im Bereich der Kultur- und Kreativwirtschaft Seminare an.

Im aktuellen Fokus stehen das Ertasten, Beschreiben und Zeigen von Oberflächen emotionaler Landschaften. Die Themenerweiterung durch die Landschaft selbst verstehe ich als Spiegelung emotionaler Innenräume. Momentan für mich super interessant sind die spielerische Erkundung des Materials Graphit und der Umgang mit dem Papier als Lichtquelle.

Anette von Bodecker (DEU)
annettevonbodecker.de

Annette von Bodecker wurde 1965 in Bützow geboren. Sie studierte an der Hochschule für Grafik und Buchkunst Leipzig. Seit 2001 arbeitet sie freiberuflich als Illustratorin auf dem Gebiet der Malerei und Grafik. Sie illustrierte zahlreiche Schulbücher. Im Picus Verlag Wien erschienen inzwischen 13 Kinderbücher. Die meisten ihrer Arbeiten entstanden in Zusammenarbeit mit der deutsch-libanesischen Autorin Andrea Karime. Annette von Bodecker lebt und arbeitet in Dresden.

»Was bleibt?!«, so nannte ich eine meiner Ausstellungen der letzten Jahre. Vielleicht ist es das Wünschen, Hoffen, Sehnen, das antreibt. Die Sehnsucht nach Bleibendem, bei aller Flüchtigkeit des Lebens, bewahren zu wollen; die Sehnsucht nach Tiefe, nach Schönem, nach einem inneren und äußeren Zuhause, nach Liebe. Durch Intensität Wurzeln schlagen zu können und doch innerlich frei zu sein. Es ist das Wechselspiel, die Vielfalt des Lebens, welches mich inspiriert.

Annij Zielke (DEU)

Annij Zielke lebt in Dresden. Ein Studium der Textilkunst in Schneeberg beendete sie als Diplom-Designerin. Durch die Mitarbeit im Putjatinhaus (denkmalgeschütztes Kulturhaus) kann sie ihre Fähigkeiten und kreativen Ideen in Projekten und als Kursleiterin für Mal- und Werkelkurse ausleben.

Sehr gern gehe ich langsam durch diese Welt und lasse mich durch Details, Formen und Farben, die mich umgeben, und Menschen, die mir begegnen, inspirieren. Die Arbeit an meinen Bildern, Zeichnungen und Collagen in Mischtechniken lassen mich oft das Kind in mir wiederentdecken.

Antje Dennewitz (DEU)
antjedennewitz.de

Antje Dennewitz studierte Kommunikationsdesign und Bildende Kunst. 1997 kam sie nach Dresden und lebt seitdem hier mit ihrer Familie. Ihrer schon als Kind geliebten Leidenschaft fürs Zeichnen und Improvisieren folgt sie in ihrer täglichen Arbeit, in der sie freischaffend als Illustratorin und Graphic Recorderin tätig ist.

> Das Leben hat mich durch tiefe Täler und Irrtümer geführt. Da, wo ich jetzt bin, will ich sein! Dafür bin ich dankbar.

Daniela Veit (DEU)
danielaveitillustration.de

Daniela Veit zeichnet seit ihrer Kindheit. Sie studierte Grafik Design in Hamburg und machte sich anschließend als Illustratorin selbstständig. Sie illustriert hauptsächlich Kinder-, Schul- und Sachbücher, probiert aber auch – seitdem ihre Kinder fast erwachsen sind – viel Neues aus.

> Fun shows the way!

Effi Mora (RUS/DEU)
effimora.com

Effi Mora, geboren 1983 in Russland, ist mit 14 Jahren nach Deutschland gezogen. Sie studierte Bildende Kunst an der Hochschule für Bildende Künste Dresden. Seit ihrem Diplom 2012 arbeitet sie überwiegend freiberuflich. Im Sommer 2021 ist sie Mutter geworden und entdeckt nun neue Facetten des künstlerischen Prozesses.

> Was Kunst angeht, ist mein größter Anspruch an mich selbst: immer ehrlich sein. Nur das tun, malen, sagen oder schreiben, was sich echt anfühlt. Sich nicht einschüchtern lassen von den jeweiligen Trends, denn diese kommen und gehen. Und am Ende zählt nur, dass ich mich selbst nie angelogen oder verraten habe, auch wenn so ein Leben manchmal nicht sehr bequem ist.

Elena Pagel (RUS)
elenapagel.de

Elena Pagel wurde in der Sowjetunion, in der sibirischen Stadt Novokuznezk, geboren und hat in Barnaul gelebt. Sie hat von 1981 bis 1985 am Abramtsewoer Kunst-Industrie-Kolleg »V. M. Wasnezow« in der Fachrichtung Kunstkeramik studiert und ist Kunstmalerin. Ihr Abschlussdiplom hat sie in Moskau bekommen. Seit 1999 lebt sie in Dresden. Seit 2008 ist sie freischaffende Künstlerin, Fotografin, Filmemacherin und Kuratorin. Sie hat ein Keramikatelier im Stadtteilhaus Äußere Neustadt e.V. Seit 2006 engagiert sie sich in zahlreichen internationalen und lokalen Kunstprojekten, Kursen und Workshops mit Migranten und Migrantinnen, Kindern und Jugendlichen.

Ich experimentiere gerne, kombiniere verschiedene Kunsttechniken, nutze leuchtende Farben, verwende magische Symbole auf meinen archaischen Formen. Das Leben, die Natur, die Menschen, ihre Gefühle und Emotionen sind für mich eine Inspiration für Kreativität. Das Universum braucht uns Künstler als Erinnerung an seine Existenz.

Henrike Terheyden (DEU)
kendike.de

Henrike Terheyden, geboren 1984, hat in Hildesheim Kulturwissenschaften und Ästhetische Praxis studiert. Nach dem Studium kam sie als Bühnen- und Kostümbildnerin mit dem Theaterkollektiv theatrale subversion nach Dresden und gründete als Zeichnerin und Illustratorin das Label KENDIKE. Seit 2011 wendet sie unter diesem Label das Medium der Zeichnung in den vielen Bereichen des Kulturbetriebs an, sei es für eigene Projekte, als Illustratorin für Wissenschaft und Unternehmen, im Bereich Graphic Recording, für Animationsfilme und Storyboards oder auch im Bereich der Kunstvermittlung und Lehre.

Immer entlang der schräg schraffierten Linie von Handwerk, Zufall und Kamikaze.

Ines Hofmann (DEU)
inho-grafik.de

Ines Hofmann ist in der Lausitz aufgewachsen und hat nach einigen Umwegen eine Ausbildung im Bereich Gestaltungstechnik absolviert. Das Zeichnen und Malen hat sie sich nebenbei als Hobby beigebracht. Seit 1999 lebt sie in Dresden und ist hier seit 2001 als freie Grafikerin und Illustratorin selbstständig.

Mit Bildern lassen sich Ideen, Emotionen und Informationen vermitteln, auch wenn man nicht die gleiche Sprache spricht. Und ganz allgemein macht Kunst das Leben einfach schöner.

Johanna Failer (DEU)
kunstknall.de/artist/johanna-failer/

Johanna Failer studierte Malerei und dreidimensionales Gestalten in Dresden und Brüssel. Neben dem Stipendium der Friedrich-Ebert-Stiftung erhielt sie ein Residenzstipendium im Kulturzentrum von Namur, Belgien, sowie in der Antonio Gala Stiftung in Córdoba, Spanien.

Künstlerisch tätig sein heißt zuallererst, durchlässig zu sein für das, was uns umgibt. Fühlend, schauend, hörend verdichten wir Bilder zu Bedeutungen, die uns in der Tiefe unseres Menschseins zurufen. Bestenfalls finden sich Antworten auf Fragen, die nicht kognitiver Natur sind und die zu etwas gemeinschaftlich Erfahrbarem werden. Das Scheitern ist dabei unabdingbar, wie mein Nachname vermuten lässt.

Liane Hoder (DEU)
instagram.com/himbeerspecht/

Liane Hoder ist in der Oberlausitz geboren. Schon während des Studiums in Kunst und Geschichte auf Lehramt entschied sie sich für die Selbstständigkeit. In den folgenden 15 Jahren leitete, organisierte, moderierte und gestaltete sie als Projektmanagerin verschiedene Veranstaltungen. Seit 2009 lebt sie nun die gewachsene Liebe zum Zeichnen und den Glauben an die Kraft der Bilder als Graphic Recorderin und praktische Trainerin aus. Ihre Hobbys sind Literatur, Musik, Wassersport und Spaziergänge im Wald.

Wer immer begreift, was er tut, bleibt unter seinem Niveau. (Martin Walser)

Luisa Stenzel (DEU)
luisastenzel.de

Luisa Stenzel ist in Lissabon geboren und studierte Design an der Fachhochschule Münster. Seit 2011 lebt sie in Dresden. Neben ihrer Arbeit als Illustratorin und Grafikerin gibt sie Workshops für Kinder und Jugendliche im Bereich Comic und Illustration.

Ich zeichne, um zu erzählen. Und ich erzähle gerne Geschichten. Kurze und kleine. Mit und ohne Worte. Ich mag Verstecke: für Skurriles, Tragisch-Komisches und alle Art von Alltagszauber.

Nadine Wölk (DEU)
instagram.com/neon.nighthawks/

Nadine Wölk ist in Thüringen geboren und studierte Graphikdesign in München und Malerei und Graphik in Dresden. Hier war sie Meisterschülerin bei Prof. Martin Honert. Seit Ende 2001 lebt und arbeitet sie als freischaffende Grafikerin, Künstlerin und freie Dozentin in Dresden. Aktuell malt sie großformatige Papierarbeiten in blau und weiß. In ihrer Freizeit liest sie gerne Science-Fiction-Bücher, lauscht Hörbüchern, befasst sich mit dem Neo Noir, reist gerne, vorzugsweise am Meer entlang, geht hochseefischen und kocht mit Freunden und Freundinnen. Ihre Arbeiten sind durch Ankäufe in zahlreichen öffentlichen und privaten Sammlungen vertreten. Sie erhielt in den letzten Jahren mehrere Stipendien.

Okay, ich liebe die Farbe Blau, eigentlich aber sammle ich Gesichter wie andere Geschichten.

Nazanin Zandi (IRN/ITA)
zandigrafix.de

Nazanin Zandi, geboren 1973 in Kerman, Iran, wuchs in Italien auf, studierte Architektur in Paris und an der TU Dresden und lebt seit 1996 in Dresden. Seit 1999 ist sie als Malerin, Illustratorin, Kuratorin, Kunstkursleiterin und Grafikdesignerin freiberuflich tätig. Ihr aktueller Arbeitsbereich liegt bei biografischen Comics. Sie kuratierte größere Ausstellungen und stellte ihre Arbeiten international aus. Seit 2013 arbeitet sie überwiegend als künstlerische Projektleiterin in zahlreichen sozio-politisch-kulturellen Projekten mit Geflüchteten, Migranten und Migrantinnen und Deutschen.

Meine Leidenschaft sind surrealistische, oft schrille Handzeichnungen, kombiniert mit computerbearbeiteten Grafiken. Somit entstehen Bilder, die viele Menschen auf neue Ideen und in neue Welten bringen.

Paula Huhle (DEU)
paulula.de

Paula Huhle ist freiberufliche Illustratorin und Grafikdesignerin aus Dresden. Für ihre Ausbildung ging sie 2001 nach Stuttgart. Für eine Anstellung als Grafikillustratorin in der Spielebranche kam sie 2005 nach einer Neuseelandreise zurück in ihre Geburtsstadt. Seit 2016 ist sie selbstständig und illustriert für Magazine, Werbung, Bücher, eigene Projekte und Kurse mit Kindern. Wichtig ist ihr, sich mit ihrer Arbeit für Gleichberechtigung und gegen Rollenklischees einzusetzen – manchmal ganz subtil, manchmal offensiver.

Ich freue mich, wenn durch meine Bilder auch andere Menschen in kleinen Dingen Wundersames entdecken können oder etwas von sich selbst darin wiedererkennen.

Rosa Brockelt (ITA/DEU)
instagram.com/rosaontheway/

Rosa Brockelt ist in Italien geboren und aufgewachsen, kam 2011 für ein Masterstudium in Germanistik nach Dresden und lebte zwischendurch ein knappes Jahr im Iran. Nach ihrer Rückkehr entschied sie sich, ihre Leidenschaften – Zeichnen und Illustration – zu verfolgen. Seit 2018 wirkt sie in verschiedenen Kunst- und Kulturprojekten mit und arbeitet unter anderem seit Anfang 2020 für die Dresdner Künstlerin Nazanin Zandi.

Experimentierend auf der Suche nach Schönheit und Imperfektion.

Susanne Schrader (DEU)

Susanne Schrader, geboren 1968, kam in Ratingen zur Welt und kam nach Lebensstationen in Lemgo, Lübeck, Weimar (1990) und Prag schließlich nach Dresden.
Hier studierte sie an der Hochschule für Bildende Künste Theatermalerei mit Diplomabschluss. Sie entwarf und malte für die Kammeroper Dresden Buhnenbilder, wurde mit Malaufträgen für Geschäftsräume, Zoo, Stadtfeste, etc. selbstständig und arbeitete im Kindertheater der Kreativschule. Seit 2009 führt sie ein eigenes Kindertheater im ZMO Jugend e.V. und ist Gründerin sowie Leiterin einer Literaturwerkstatt, wo sie mit Kindern verschiedene Buchprojekte geschrieben und illustriert hat. Nebenbei arbeitet sie kunsttherapeutisch mit behinderten Jugendlichen. Zu ihren eigenen Arbeiten gehören Einzel- und Gruppenporträts sowie Holzplastiken.

Oh, ein Gott ist der Mensch, wenn er träumt, ein Bettler, wenn er denkt. (Friedrich Hölderlin)

Xenia Gorodnia (RUS/DEU)
instagram.com/xeniagorodnia/

Xenia Gorodnia siedelte im Jahr 2000 aus Sibirien nach Deutschland um und studierte Visuelle Kommunikation, Medienkunst und Mediengestaltung an der Bauhaus-Universität Weimar. Seit 2020 lebt sie in Leipzig und ist als freischaffende Künstlerin und Workshopleiterin für Animation, Grafik, Fotografie und Dokumentarfilm tätig. Seit mehreren Jahren engagiert sie sich in integrativen, kreativen und soziokulturellen Projekten.

Es passiert von alleine beim Zeichnen, dass diese surrealistischen und unwirklich scheinenden Welten, Gegenstände und Sachverhalte, die man nur im Kopf sehen kann, durch meine Hand und den Stift auf das Blatt fließen.

Yini Tao (CHN)
shudao.de

Yini Tao kommt ursprünglich aus China und lebt heute in Dresden. Sie ist Kuratorin und Künstlerin. 2014 gründete sie das SHUDAO Art Space in Dresden Neustadt. Seit 2016 engagiert sie sich in zahlreichen internationalen und lokalen Kunstprojekten, im Kulturaustausch von Kindern und Jugendlichen zwischen Dresden und China. Im Art Space SHUDAO in der Kunsthofpassage organisiert sie Ausstellungen und Kunstarbeiten aus verschiedenen Kulturen.

> Meine Illustrationen und Malerei sind sehr geprägt von chinesischer Tradition: Tusche, Lack und kalligrafische Elemente verbinden sich in meinen Bildern, entfalten poetische Geschichten und lassen uns träumen.

Kursteilnehmerinnen als Illustratorinnen

Ella P. (ESP)

Ella P. wurde bei Navarra, geboren. Sie studierte Architektur und malt gerne in ihrer Freizeit. Seit 2016 wohnt sie in Deutschland. Seit 2019 nimmt sie an den Projekten »Frauen als Wandelsterne« und »LebensBILD. bioGrafische Begegnungen« teil. Ihre Hobbys sind im Architekturbüro arbeiten, Pflanzen, Sprachen und Malen.

> Kreativität ist wie ein Fahrrad, lass uns einen Ausflug machen und weit zusammen radeln!
> (frei nach Albert Einstein)

Mahsa Alizadeh (IRN)

Mahsa Alizadeh wurde 1992 in Teheran geboren. Sie wohnt seit 2014 in Deutschland. Nach ihrem Abitur hat sie einen Zeichenkurs besucht. Sie arbeitet zurzeit in Dresden als zahnmedizinische Fachangestellte. Ihre Hobbys sind Sport, Malen, Tanzen und Lesen.

> Meine Laune entscheidet, wie ich male. Bin ich schlecht gelaunt, kann ich wunderschön malen, weil ich bei schlechter Laune mutiger werde; ich lasse es einfach fließen, egal, wie es am Ende wird. Aber wenn ich gut gelaunt bin, versage ich, weil ich mich ganz vorsichtig verhalten will. An das Ergebnis zu denken, lenkt mich immer ab.

Petra Wilhelm (DEU)
krummbunt.de

Petra Wilhelm wurde 1965 in Eichsfeld, Worbis, geboren. Im Zeichenkurs der Oberschule gelangten ihre Arbeiten in Ausstellungen, Schulhaus, Bibliothek und in das Gemeindehaus. Nach dem Besuch einer Spezialschule in Erfurt folgte ein Studium der deutschen und russischen Sprache. Seit 1987 lebt und arbeitet sie in Dresden. Neben der Lehrtätigkeit absolvierte sie Studiengänge in Theaterpädagogik, Ethik, Philosophie und immer wieder Lehrgänge in Malerei und Zeichnen. Mit Kindern und Jugendlichen betreibt sie verschiedene kreative Projekte. So bemalen sie beispielsweise Stühle, betreiben Upcycling oder kreieren Pappmachéobjekte. Unter ihrem Künstlernamen KRUMMBUNT stellt sie ihre Werke an unterschiedlichen Orten aus: Textilarbeiten finden sich im Kunsthof, Acrylarbeiten in der Kümmelschänke und Grafik in der Galerie Sillack.

Wenn ich male, kann ich fliegen.

Uta Rolland (DEU)
feuer-tanz.de

Uta Rolland wurde 1971 in Dresden geboren, wuchs in Meißen auf und studierte Kulturwissenschaft und Kunstgeschichte in Leipzig. Sie ist seit über 20 Jahren im Bereich Veranstaltungs- und Projektmanagement selbstständig. Seit 2013 lebt sie in Dresden. Ausgehend von der Auseinandersetzung mit der eigenen Familiengeschichte, entwickelt sie seit 2017 die biografische Arbeit in Text und Bild zu einem neuen Tätigkeitsfeld. Die Malerei ist eine Kindheitsliebe, die in der Wendezeit fast zu einem Kunststudium geführt hätte und 2019 durch das Projekt »Frauen als Wandelsterne« neu belebt und intensiviert wurde.

Ich liebe es, mit Formen und Farben Verborgenes sichtbar zu machen.

Die Herausgeberinnen

Nazanin Zandi

Nazanin Zandi (geb. im Iran) lebt seit 1996 in Dresden. Sie kuratierte 2017 die Dauerausstellung mit Fotografien aus Irak, Palästina/Libanon und Deutschland im Sächsischen Ministerium für Gleichstellung und Integration sowie die Internationale Wissenschaftler-Ausstellung »W.I.R. World-Identity-Relations« in der Altana Galerie der TU Dresden. Sie arbeitete als Schauspielerin und Bühnenbildnerin für die internationalen Frauen-Theaterstücke »Being Here« I & II im Festspielhaus Hellerau (2018/2019). Seit 2013 leitet sie wöchentliche kreative Kurse mit Kindern und Jugendlichen. 2016 und 2017 war sie Workshopleiterin in den Flüchtlingsunterkünften K9 und Fritz-Reuter-Straße. 2018 initiierte und leitete sie gemeinsam mit Elena Pagel durch das Projekt »Frauen als Wandelsterne« interkulturelle biografische Comic-Workshops mit Frauen in Dresden. 2019 arbeitete sie als Kulturmittlerin für das von Kolibri e.V. initiierte Projekt »Interkulturelle Bildungslandschaft 3.0« in Dresdner Kindergärten. 2020 war sie zusammen mit Elena Pagel und Dr. Verena Böll Initiatorin und künstlerische Leiterin des großangelegten Projekts »LebensBILD. bioGrafische Begegnungen« mit der Trägerschaft vom Kultur Aktiv e.V. Seit 2019 bekommt sie Grafikarbeiten, Malaufträge und Projektleitungen von diversen Institutionen der Stadt Dresden, unter anderem vom Oberbürgermeisterbüro und von der Zentralbibliothek, sowie auch von der TU Dresden und vom Goethe Institut.
Sie spricht Italienisch, Deutsch, Französisch, Englisch, Persisch, Spanisch und Portugiesisch.

Elena Pagel

Elena Pagel (geb. in Russland) lebt seit 1999 in Dresden. Seit 2008 ist sie als freischaffende Künstlerin, Keramikerin, Fotografin, Kuratorin und Filmmacherin in Deutschland tätig. Seit 2012 organisiert sie zusammen mit der Künstlerin Janina Kracht künstlerische Projekte für Kinder und Jugendliche in Schulen, Vereinen und ihren Ateliers mit dem Programm »KULTUR macht STARK«. 2012 begleitete sie die berühmte deutsche Fotografin Evelin Richter auf eine Osterreise in russisch-orthodoxe Klöster. 2015 wurde darüber ihre Fotoausstellung »Licht im Dunkel« in der Galerie von Kultur Aktiv e.V. gezeigt. 2014 und 2016 beteiligte sie sich mit ihren Video Art-Projekten an der OSTRALE. 2016 und 2017 leitete sie unter anderem die Workshops »Integration mit Kunst« in der Flüchtlingsunterkunft K9. Im Jahr 2019 stellte sie als Autorin, Regisseurin, Editorin und Produktionsleiterin ihren ersten Dokumentarfilm »Fluch(t) oder Segen« vor, in dem neun Lebensgeschichten von Zugezogenen nach Dresden thematisiert werden. Von 2018 bis 2019 initiierte und leitete sie das Projekt »Frauen als Wandelsterne« gemeinsam mit Nazanin Zandi. Die Künstlerinnen entwickelten 2020 zusammen mit der Ethnologin Dr. Verena Böll das Projekt »LebensBILD. bioGrafische Begegnungen« (Projektträger Kultur Aktiv e.V.). Seit 2020 sie ist Co-Kuratorin in der Fotogalerie nEUROPA mit Fotoausstellungen zu den Themen Menschenrechte und soziale Ungleichheiten. 2020 erhielt sie für das Projekt »EINE NACHBARSCHAFT. Kommt. Einander. Näher.« das Denkzeit-Stipendium. 2021 war sie künstlerische Leiterin im Projekt »Treffpunkt ostZONE. Erinnern und gestalten« von Kultur Aktiv e.V.
Sie spricht Russisch, Deutsch und Englisch.

Bildnachweise

Porträtfotos: alle Elena Pagel außer
Porträtfoto von
- Effi Mora (S. 132): Effi Mora
- Elena Pagel (S. 133): Xenia Gorodnia
- Rosa Brockelt (S. 136): Rosa Brockelt
- Petra Wilhelm (S. 138): Fotokabinett Dresden
- Uta Rolland (S. 138): Kristin Winter
- Nazanin Zandi (S. 139): Christine Starke
- Elena Pagel (S. 139): Anne Ibelings
- Frau Stanislaw-Kemenah (S. 7):
  Büro der Gleichstellungsbeauftragten
- Frau Winkler (S. 9): Jana Tessner

Illustrationen wenn nicht neben Geschichte vermerkt:
- Titel: Effi Mora, Ausschnitt aus Bildgeschichte zu Leila Seied: Die Geschichte meines Führerscheins
- Innentitel: Elena Pagel
- Schmutztitel: Luisa Stenzel, Ausschnitt aus Bildgeschichte zu Hala Alshehawi: Der Wasserkrug
- Verwendung als gestalterische Elemente:
  S. 14/15, 38/39, 60/61, 76/77, 94/95 Elena Pagel
- Grußwort Frau Stanislaw-Kemenah: Daniela Veit, Ausschnitt aus Bildgeschichte zu Sylvia F.: Banknachbarinnen

Projektfotos:
- S. 119:
  - rechts oben, Dr. Verena Böll, Projektleiterin von LebensBILD. bioGrafische Begegnungen 2020: Elena Pagel
  - links Mitte, Atelierworkshop Annette von Bodecker: Elena Pagel
  - rechts unten, Atelierworkshop Liane Hoder: Elisabeth Renneberg
- S. 120:
  - rechts oben, Begegnungscafé SPIKE e. V.: Elena Pagel
  - unten, Atelierworkshop Liane Hoder: Elisabeth Renneberg
- Innenumschlag vorne:
  - Projekt »LebensBILD. bioGrafische Begegnungen« 2020: Atelierworkshop von Alma Weber: Dr. Verena Böll
  - alle anderen: Elena Pagel
- Innenumschlag hinten:
  - alle Fotos: Elena Pagel

Originalzeichnungen der Autorinnen:
- S. 121: Mahsa Alizadeh
- S. 122: Leila Seied
- S. 123: Angela
- S. 124: Alaleh Mirhajivarzaneh
- S. 125: Viktoriya Burlak
- S. 126: Anett Lentwojt
- S. 127: Anna Alice Anzelini
- S. 128: Christiane Zeidler
- S. 129: Angela

Widmung

An meinen beiden Mamas Valeh und Vida, starke und zärtliche Frauen … und großartige Beziehungsweberinnen.
A entrambe le mie mamme Valeh e Vida, donne forti e tenere … e grandi tessitrici di relazioni. Nazanin Zandi

Danksagung und Förderer

Dieses Buch ist ein Gemeinschaftsprojekt im wahrsten Sinne des Wortes, und wir sind sehr dankbar für die vielen Berater*innen und Unterstützer*innen, ohne die das Projekt nicht möglich gewesen wäre.
Wir danken Emily Ort, Elisabeth Renneberg und Laura Schulze für die vielen Stunden ehrenamtlicher Hilfe bei Ausstellungsaufbau und Fotografie.
Wir danken Rosa Brockelt, unserer Projektassistentin und unermüdlicher Crowdfunding-Posterin, die in einem schweren Lebensmoment alles gegeben hat, um dieses Buch entstehen zu lassen.
Ich, Nazanin Zandi, danke Valentina Marcenaro, Brigitte Herrmann, Birger Magnussen und Stefan Kitanov, dass sie stets Ideen und Projekte mit mir diskutieren und mich unterstützen. Ich danke auch Maik Buschhaus und Thomas Kaltofen für ihre lockere und gleichzeitig sehr kompetente Hilfe. Durch eine Verkettung glücklicher Umstände haben sie uns die Verbindung zum wunderbaren Sandstein Verlag ermöglicht. Wir bedanken uns bei AnDemos e.V. und beim Zentrum für Integrationsstudien der TU Dresden für die große Unterstützung. Danke an Martin Chidiac vom Amt für Kultur und Denkmalschutz für seine Empfehlung, eine Crowdfunding-Kampagne zu starten. Danke an Isabella Lutri, die immer an mich glaubt und sich liebevoll für meine Projekte einsetzt. Last but not least: Danke an Lise Apatoff, mit ihrer Inspiration in meiner Jugend ist sie für die künstlerische Wendung meines Lebens verantwortlich. Die Liebe für Comics habe ich von meinem Kindheitsfreund Marco Biagini.
Danke an das Team von Startnext. Durch die hervorragende Idee einer Crowdfunding-Plattform sind überhaupt tolle, interessante Projekte möglich.
Vielen Dank an unseren Crowdfunding Unterstützer und Unterstützerinnen, die durch großzügige Spenden die Entstehung des Buches ermöglicht haben. Folgenden Personen möchten wir namentlich danken: Christian Klüber-Demir, Ralf Laubner, Maria Lopez Valdez, Valentina Marcenaro, Christoph Müller, Anja Osiander, Julia Schulze-Wessel.
2021 wurde das Projekt gefördert durch das House of Resources Dresden+, die Dresdner Stiftung Kunst & Kultur der Ostsächsischen Sparkasse Dresden, das Amt für Kultur und Denkmalschutz und das Bürgermeisteramt der Landeshauptstadt Dresden unter dem Titel »Frauenstimmen in Bildern - ein Comicbuch-Projekt«. Dieses Projekt wird unterstützt mit Mitteln aus dem »Kreativ Booster«–Matchingfonds von Wir gestalten Dresden – Branchenverband der Dresdner Kultur und Kreativwirtschaft e.V. und dem Amt für Kultur und Denkmalschutz der Landeshauptstadt Dresden. Dieses Vorhaben wurde gefördert vom Bundesministerium für Bildung und Forschung (BMBF) und dem Freistaat Sachsen im Rahmen der Exzellenzstrategie von Bund und Ländern.

Impressum

© 2021 Sandstein Verlag
Herausgeberinnen Nazanin Zandi und Elena Pagel

Buchprojektinitiatorinnen 2018
Nazanin Zandi und Elena Pagel

Projektleitung
2018-2019 »Frauen als Wandelsterne«:
Nazanin Zandi und Elena Pagel
2020 »LebensBILD. bioGrafische Begegnungen«:
Dr. Verena Böll
2021 »Frauenstimmen in Bildern - ein Comicbuchprojekt«:
Janina Kracht

Projektträger 2020 und 2021

Kultur Aktiv e.V.
www.kulturaktiv.org

Künstlerische Leitung
Nazanin Zandi und Elena Pagel
Für mehr Informationen über die Arbeit der Herausgeberinnen:
www.zandigrafix.de
www.elenapagel.de

Übersetzungen
aus dem Persischen: Mahsa Alizadeh
aus dem Russischen: Robert Faber
aus dem Arabischen: Hala Alshehawi
aus dem Italienischen: Nazanin Zandi, Rosa Brockelt
aus dem Spanischen: Ella P.
aus dem Französisch: Kristina Britt Reed

Lektorat
auf Deutsch: Adrienne Heilbronner, Sandstein Verlag
auf Persisch: Marjan Zokaie
auf Russisch: Tatjana Jurakowa
auf Arabisch: Dr. Ameer Al-Nakkash
auf Italienisch: Rosa Brockelt, Stefania Milazzo
auf Spanisch: Vanessa Bravo
auf Französisch: Tiphaine Cattiau

Projektleitung Sandstein Verlag
Christine Jäger-Ulbricht, Simone Antonia Deutsch

Gestaltung
Daniela Veit, Dresden

Umschlaggestaltung
Daniela Veit, Dresden unter Verwendung einer Illustration von Effi Mora

Satz
Daniela Veit, Dresden

Reprografie
Jana Neumann, Sandstein Verlag

Druck und Verarbeitung
FINIDR s.r.o., Český Těšín

Schrift
Skolar Sans PE
Stazin

Papier
LuxoArt samt 150g/m²

Sandstein Verlag, Dresden
www.sandstein-verlag.de

ISBN 978-3-95498-659-0

1. Auflage 2022

Die Deutsche Nationalbibliothek verzeichnet diese Publikation in der Deutschen Nationalbibliografie; detaillierte bibliografische Daten sind im Internet über http://dnb.dnb.de abrufbar.

Dieses Werk einschließlich seiner Teile ist urheberrechtlich geschützt. Jede Verwertung außerhalb der engen Grenzen des Urheberrechtgesetzes ist ohne Zustimmung des Verlages unzulässig und strafbar. Das gilt insbesondere für die Vervielfältigung, Übersetzungen, Mikroverfilmungen, und die Einspeicherung und Verarbeitung in elektronischen Systemen.